Ser chavo no es fácil

Trucos para sobrevivir

Monique Zepeda

EDITORIAL
PAX MÉXICO

EL LIBRO MUERE CUANDO LO FOTOCOPIAN

Amigo lector:

La obra que usted tiene en sus manos es muy valiosa, pues el autor vertió en ella conocimientos, experiencia y años de trabajo. El editor ha procurado dar una presentación digna a su contenido y pone su empeño y recursos para difundirla ampliamente, por medio de su red de comercialización.

Cuando usted fotocopia este libro, o adquiere una copia "pirata", el autor y el editor dejan de percibir lo que les permite recuperar la inversión que han realizado, y ello fomenta el desaliento de la creación de nuevas obras.

La reproducción no autorizada de obras protegidas por el derecho de autor, además de ser un delito, daña la creatividad y limita la difusión de la cultura.

Si usted necesita un ejemplar del libro y no le es posible conseguirlo, le rogamos hacérnoslo saber. No dude en comunicarse con nosotros.

EDITORIAL PAX MÉXICO

છ

COORDINACIÓN EDITORIAL: Matilde Schoenfeld
DISEÑO DE INTERIORES: Berenice Castañeda y Ana Esparza
ILUSTRACIONES: Patricia Márquez y Arturo Ruelas
PORTADA: Patricia Márquez

© 2005 Editorial Pax México, Librería Carlos Cesarman S.A.
　　　Av. Cuauhtémoc 1430
　　　Col. Santa Cruz Atoyac
　　　México D.F. 03310
　　　Teléfono: 5605 7677
　　　Fax: 5605 7600
　　　Correo electrónico: editorialpax@editorialpax.com
　　　Página web: www.editorialpax.com

Primera edición
ISBN 968-860-755-X
Reservados todos los derechos
Impreso en México / Printed in Mexico

Índice

Capítulo 1. Yo mismo 1

Adolescencia 2

    ¿Qué onda con los adolescentes? 2

    Buenas noticias 3

    ¿Cómo tratar a un hermano intratable? 4

    Consejos para cuando te toque a ti 5

    Un consejo para comprender a los adultos 6

    Mejora la relación con tus compañeros 11

    Buenos deseos 12

    Trucos para el buen humor 13

    Celebrar 13

    Aprende a decir "no" 15

    Grandes preguntas 16

Apariencia física 16

    ¿Por qué tenemos una cierta apariencia? 16

    Felices y agradecidos 17

    ¿Los guapos y las bonitas son más felices? 18

    Lo que sí podemos cambiar de nuestra apariencia 19

    Ojo con las dietas 20

    Moda y éxito con los amigos 21

    Gustarte a ti mismo(a) 22

    ¿Qué tan buen observador(a) eres? 25

    Semillas de alegría 25

    Conócete a ti mismo(a) 26

Enojos 27

    ¿Qué hacer cuando nos enojamos con alguien? 28

    ¿Eres enojón o enojona? 29

Eres tu mejor amigo 31

Perdonar 32

¿Eres muy preocupón(a)? 34

Regalar cumplidos y recibirlos 38

Mentiras 43

¿Por qué mentimos? 43

Cadena de mentiras 48

¿Qué hacer cuando ya lastimamos a alguien? 48

¿En todas las sociedades mienten? 49

¿Por qué los adultos quieren que los niños no

mientan y ellos sí lo hacen? 50

Capítulo 2. Yo y los demás 53

Los amigos 54

Los amigos son la sal de la vida 54

Hacer amistades 55

Amabilidad 55

¿Cómo decir la verdad? 56

Cultivar la amistad 58

Algunas ideas para hacer amigos en la escuela 60

¿Algunos compañeros te molestan y te

hacen sentir mal? 61

Los celos 63

¿Qué son los celos? 63

Situaciones que pueden provocarnos celos 64

¿Qué nos pasa? 66

Antídotos contra los celos 67

Las vitaminas   69
   Hacer favores   69
   ¿Y las quejas?   70
   Pedir permisos   71

Los hermanos   73
   Chicos kanguro   73

La curiosidad   75
   Para conocer mejor a una persona   75
   La curiosidad no mató al gato   76
   El amor y la curiosidad   77
   A veces la curiosidad sí mata al gato   78
   ¿Curiosidad o chisme?   79
   Videojuegos, tele y amigos   80

Capítulo 3. El amor   81
¿Cómo saber si estás enamorado?   82
   ¿Ya te enamoraste?   82
   Amor de verano   86
   El amor   89
   Frases de amor   91
   ¿Qué hacer después de llegarle a una chava?   93

Capítulo 4. La escuela   95
Los maestros   96
   ¿Qué tal te va con tus maestros?   96
   ¿Qué hacer cuando algo que dice el maestro(a)
      no nos parece?   99
   Maestros justos   101

Maestros alegres 101

Para reconocer a un buen maestro 102

¿Dificultades para aprender? 105

Tareas 107

Recomendaciones 109

Capítulo 5. Los miedos 111

Pesadillas 112

¿Quién las necesita? 112

¿Para qué sirven? 112

¿Todos tenemos pesadillas? 113

¿De dónde vienen? 113

¿Cómo olvidar los malos sueños? 114

Pesadillómetro 116

Hay un monstruo en mi cuarto 117

¿Cómo curarse de espanto? 121

Para qué sirve el miedo 123

El miedo tiene sus disfraces 126

Capítulo 6. Ser chavo en este planeta 129

Lo bueno y lo malo de ser chico, chavo o niño . 130

Lo malo 131

Lo bueno 132

¿Por qué algunos no quieren crecer? 133

Para comprender un poquito a los adultos 134

Así soy yo, ¿y tú? 135

La justicia es un camino de dos puntas 136

Todos somos, todos cabemos 137

Ejercicios para la tolerancia 137

Sólo tenemos un planeta 139

¿Qué nos pasó? 139

¿Qué podemos hacer? 140

Madre naturaleza 141

El tiempo 143

Así pienso yo, ¿y tú? 146

Recordar 149

¿Por qué sentimos nostalgia? 150

¿Para qué sirven los recuerdos? 151

El pasado, ¿dónde está? 152

Adolescencia

Cuando entramos a la adolescencia nos enfrentamos a cambios físicos y emocionales.

Estos cambios en el cuerpo provocan una transformación de intereses. Lo que antes nos gustaba, deja de parecernos interesante. De pronto, abandonamos nuestros juegos y actividades de siempre y nos empiezan a llamar la atención las chicas o los chicos.

Pero pasamos por ratos en que nos sentimos inseguros de nuestro aspecto.

Nos consideramos feitos, demasiado flacos o demasiado gordos, chaparros o encorvados. Entonces nos encerramos en nosotros mismos. Al mismo tiempo, las emociones se nos hacen bolas. Tan pronto estamos felices y carcajeándonos, como nos ponemos sensibles y lloramos fácilmente. Cualquier comentario nos puede ofender, a veces añoramos lo que éramos y otras veces queremos parecer más grandes de lo que somos. Esto se debe a cambios químicos en nuestro organismo.

Buenas noticias

La adolescencia también es una época divertida. Inauguramos muchas emociones. De pronto descubrimos el amor.

Con sus dulzuras y espinas.

También es una época en la que hacemos grandes amigos. Nos morimos de la risa por cosas muy simples. A veces, basta una mirada para estallar en carcajadas.

Descubrimos la importancia de la lealtad en la amistad y somos capaces de guardar un secreto. Sentimos que no hay nada más importante que nuestros amigos, nuestra música, las fiestas y saber quién le gusta a quién. La vida se pone muy emocionante.

¿Cómo tratar a un hermano intratable?

Llega un momento en que los hermanos mayores y los primos se convierten en adolescentes: o sea, se vuelven pesados, sangrones, ensimismados, mandones, llorones, sensibles, callados, bruscos y enojones. Parece que nadie en la familia los entiende. Es buena idea tomar en cuenta lo siguiente:

Ten paciencia. La adolescencia no dura para siempre. Se le va a ir quitando.

No creas que te ha dejado de querer. Está muy metido(a) en su mundo y casi no te puede prestar atención.

Además, jugar contigo le recuerda su infancia y en este momento está tratando, desesperadamente, de ser más grande.

No dejes que te maltrate, pero no tomes su mal humor como una reacción personal contra ti.

Respeta sus espacios. En este momento necesita, a ratos, estar solo.

Consejos para cuando te toque a ti

> Cuando te lleguen cambios de humor, acuérdate que se deben a transformaciones internas en tu cuerpo. Procura no lastimar a otros.

> Si te sientes incomprendido(a) o que nadie te hace caso, recuerda que estás muy sensible, y que todo se irá ajustando. Lo que hoy parece terrible, mañana te puede hacer reír.

> Cuando te sientas inseguro(a) frente al espejo, recuerda que tu cuerpo está cambiando. Así como eres estás bien, y con el tiempo te irás poniendo más guapo(a). Además, a quien le vayas a gustar, le gustarás con todo y defectitos.

> Recuerda que aunque sufras por amor un día, el corazón se cura y pronto llegará alguien que corresponda a tus sentimientos.

En la adolescencia podemos sentirnos muy solos de repente. Aunque no lo creas, tus padres también pasaron por eso. Acércate y pregúntales cómo les fue a ellos, qué hacían, qué les interesaba y cómo se llevaban con sus papás. Puede ser que descubras cosas

Un consejo para comprender a los adultos

interesantes y los puedas ver con otros ojos. Además, te sentirás más cerca y menos incomprendido(a).

Ser niño(a) no siempre es fácil. Hay cosas que puedes hacer para sentirte mejor en la vida.

✓ Puedes expresar tus sentimientos: decirles a los demás y escuchar tú mismo lo que sientes.

✓ Atiende a tus sentimientos fuertes y negativos. Ponles nombre, respira, tranquilízate y déjalos ir. No te aferres a ellos.

✓ Puedes expresar y hacer valer lo que necesitas. Buscar a alguien que pueda escucharte esas necesidades y encuentra el modo de satisfacerlas.

✓ Puedes soñar despierto, imaginar la vida que quieres. Defiende tus sueños y trabaja para convertirlos en realidad.

Expresa tus necesidades. Todos necesitamos ciertas cosas materiales y otras no materiales, emocionales, espirituales o íntimas. Identifica cuáles son y cómo están presentes en tu vida. Recuerda que puedes decir con palabras lo que necesitas. Por ejemplo, la necesidad de:

 Relacionarnos con otras personas.
No permanecer aislado.

Ser "apapachado(a)", acariciado(a).

 Pertenecer a un grupo y sentirse parte de él.

Ser "uno mismo", es decir único, diferente e independiente.

Sentirnos admirados y valorados.

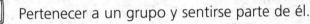 Cuando estés descontento(a) con lo que pasa en tu vida, pregúntate a ti mismo(a):

 ¿Qué puedo hacer para que mi situación mejore?

 ¿He hecho todo lo que depende de mí?

¿Puedo pedir ayuda para resolver lo que me preocupa?

 ¿Puede ser que esté mirando con una "lupa" lo que no me gusta?

¿He reparado en lo que sí funciona bien?

 A veces, sentimos un torbellino de emociones. ¿Cómo aprender a leer mejor nuestros sentimientos? Estas son algunas sugerencias:

 Hacer silencio. A veces hablamos mucho para ocultar lo que estamos sintiendo. Pero en realidad no se pueden ocultar los sentimientos ni hacerlos a un lado.

Cuando estamos en silencio es como si el torbellino fuera aplacándose. Poco a poco, el agua se vuelve más tranquila y transparente. Entonces podemos ver más claramente lo que sentimos.

Encontrar un nombre para lo que sentimos: lo podemos inventar o llamarlo con las palabras que conocemos: enojo, tristeza, celos, frustración, alegría, enamoramiento...

Encontrar la causa de nuestros sentimientos. Cuando estamos en calma, podemos preguntarnos qué nos pasa. A veces es bastante claro; otras veces es un poco más confuso y es en ese punto donde hay que explorar. Las causas están ahí, solamente hay que insistir para que aparezcan. A veces, no queremos reconocer por qué algo nos disgusta o nos duele. Pero cuando encontramos la razón y el nombre de lo que sentimos, es más fácil encontrar una solución.

Otro método muy útil es practicar la meditación, ese arte antiguo que nos ayuda a reconciliarnos con nosotros mismos, con nuestro ser interior, con nuestros sentimientos. Aprender a meditar no es tan difícil como pudiera parecer.

❯ Encuentra un lugar donde puedas estar en paz y cierra los ojos.

❯ ¿Recuerdas las botellitas para hacer burbujas de jabón? Imagina que tienes una muy grande. Sumerges el aro en el agua y creas enormes burbujas de jabón.

> ❭ Observa las enormes burbujas con sus colores. Míralas hasta que se alejen hacia el horizonte y desaparezcan.

❭ Coloca tu preocupación dentro de una burbuja. Observa cómo, al alejarse, la burbuja se ve cada vez más pequeña... hasta que ya no se ve. Piensa que lo mismo sucede con tu preocupación.

> ❭ Haz esto por unos minutos y detente cuando te sientas que estás listo(a).

❭ No todos los problemas desaparecen, pero puedes verlos desde otra perspectiva y descubrir una solución novedosa.

Algunas personas almacenan buenos sentimientos y desechan los demás. Otras personas eligen hacer lo contrario. ¿Tú, qué prefieres?

Cada día suceden muchas cosas. Entre ellas, siempre habrá cosas buenas. Algunos días hay que esforzarse más para encontrar lo bueno, pero siempre está ahí.

Cada día puedes hacer una lista de cinco cosas felices que te hayan ocurrido.

1. _____
2. _____
3. _____
4. _____
5. _____

Esta "lista feliz" te muestra que tú eres responsable de tu propia felicidad.

Te enseña que tú puedes elegir cómo experimentar tu vida.

Te enseña que tú puedes buscar cosas que te hagan feliz. Te demuestra que tú siempre puedes buscar cosas que te hagan feliz.

Almacenar alegría es una buena receta para cuando aparezca alguna nube sombría.

La alegría almacenada nos hace fuertes y seguros.

Mejora la relación con tus compañeros

> Sé amable contigo. Si algo no te gusta de ti, no es necesario reprocharte, sino buscar la manera de mejorar.

> Cuentas contigo en todas las situaciones. Tú puedes encontrar soluciones, tú tienes tus propias ideas, tu propia manera de opinar y no necesitas copiar a nadie. Frente a cualquier situación, consulta primero contigo mismo(a).

> Aunque tengas cosas por mejorar, ya eres fantástico(a). Dítelo y repítetelo. No se trata de que seas presumido(a), sino que tienes muchas cualidades que tú conoces y que puedes compartir.

Buenos deseos

Nuestra mente tiene la capacidad de generar buenos deseos sin límite. Algunos pueden permanecer en el pensamiento, otros pueden convertirse en acciones. Esto es algo que podemos hacer todo el año... y toda la vida.

✓ Le podemos desear el bien a todos los que son distintos a nosotros.

✓ Podemos desear paz a todos los que les falta.

✓ Podemos desear que nadie tenga hambre, que nadie tenga frío.

✓ Podemos sorprender a un desconocido con un gesto amable.

Podemos hacer feliz a alguien que no conocemos y también a nuestros propios amigos y familiares.

Trucos para el buen humor

El sentido del humor nos ayuda a ver las cosas de otra manera y a encontrar soluciones donde no veíamos más que problemas.

> Aprende y recuerda un excelente chiste. Te lo puedes contar a ti mismo en distintos momentos del día, y sonreirte. También se lo puedes contar a los demás.
>
>> Cuando percibas que estás exagerando y haciendo más grande un problema, ríete de ti mismo(a).
>
> No pierdas la oportunidad de ver las cosas lindas y divertidas que llegan cada día. Siempre hay, pero es necesario abrir los ojos para verlas.
>
>> Podemos tener en la memoria una biblioteca de momentos chistosos, divertidos y lindos. Empieza a construir tu almacén, y úsalo cuantas veces lo necesites.

Celebrar

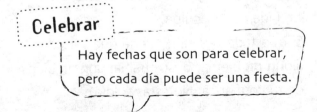

Hay fechas que son para celebrar, pero cada día puede ser una fiesta.

✓ Cada día puede traer una sorpresa agradable.
Prepárate para recibirla como se merece.

✓ Cuando te rías, saboréalo. Ya sea risita,
carcajada o sonrisa, todo nos hace bien.

✓ Puede haber cien mil cosas hermosas en
un solo día. Abre bien los ojos desde
muy temprano, porque pueden ser más.

✓ Las fiestas son muy lindas. La alegría
flota en el aire: entre más la
desparramemos, más tendremos.

✓ Canta y baila. Guarda la pena
en un armario y pierde la llave.

A veces tenemos cambios de humor bruscos y
pasamos de la risa al llanto, sin saber muy bien por qué.

✓ Tus cambios de humor pueden tener que ver con
cambios en tu cuerpo. Es un estado pasajero.

✓ Ponle nombre a tus sentimientos.
Date un momento de soledad.

✓ Explica a tu familia y amigos cómo te sientes.
Si hace falta, pide una disculpa.

✓ Si tu estado de ánimo tiene que ver con
algún problema, busca hablar con alguien
de tu confianza. No estás solo(a).

Aprender a decir "no"

A veces, nos invitan a hacer algo de lo cual no estamos muy seguras(os), pero sentimos que no podemos negarnos porque perderíamos a nuestros amigos y amigas.

> Consulta siempre contigo mismo(a) antes de hacer algo de lo que tengas duda.

> Si tú no estás de acuerdo en hacer algo, dilo. Ésa es la primera valentía.

> Los amigos son muy, muy importantes en la vida. Hay muchas cosas que podemos hacer para demostrarles nuestra amistad. Y hay otras que no.

> Puedes decir no, aunque se burlen o te amenacen con dejar de ser amigos. Más adelante, recuperarás a tus verdaderos amigos.

Grandes preguntas

¿? Si todos pensaramos igual, ¿cómo sería la vida en el planeta?

¿? Si alguien piensa que tiene la razón, ¿podría estar equivocado?

¿? ¿Podemos tener ideas distintas y desear lo mismo?

¿? ¿Dos personas pueden tener ideas diferentes y las dos tener razón?

¿? ¿Para compartir algo, es necesario estar de acuerdo?

¿? ¿Si alguien piensa que es mejor que otra persona ¿realmente eso lo convierte en mejor persona?

¿? ¿Qué tienen que ver la paz y el escuchar a los demás?

Apariencia física

¿Por qué tenemos una cierta apariencia?

Todos, absolutamente todos, venimos al mundo en un "estuche" que es nuestro cuerpo. Ese cuerpo tiene algunas características que nos hacen únicos en el planeta. Cuando nacemos, las células del cuerpo ya poseen la información sobre de qué color serán nuestra piel, ojos y pelo; también poseen información sobre nuestra estatura y el tipo de cuerpo que tendremos.

El aspecto físico, en gran medida, tiene que ver con nuestros padres, abuelos, tatarabuelos... Somos el producto de la mezcla de muchas características de muchas personas. Podemos tener los ojos de una bisabuela, el pelo de un tío abuelo, gestos de otros familiares, el color de piel de un tío y la sonrisa de la abuela.

Felices y agradecidos

Morenos, pecosos, blancos, negros, apiñonados, pálidos, pelo lacio, pelo chino, ojos grandes o chicos, claros u oscuros, chaparros, medianos, altos, gorditos o flacuchos, todos tenemos derecho a ser felices en nuestra "envoltura".

Podemos estar muy agradecidos de todo lo que funciona bien en nuestro maravilloso cuerpo. Hay un millón de movimientos que realizamos sin pensar, y cada uno de ellos es un regalo. Si acaso hay algo que no funciona bien, entonces podemos fijarnos en lo que sí podemos hacer a pesar de nuestros límites. Agradezcamos a todas esas personas que, a pesar de obstáculos físicos, nos enseñan a nunca rendirnos.

¿Los guapos y las bonitas son más felices?

Error: puede ser que haya cosas que se les faciliten, como gustarles a otros por ejemplo, pero no necesariamente será una persona más contenta o más agradable. Es muy importante recordar que la manera de ser tiene

Nuestro físico no determina nuestra capacidad de alegría: a veces podemos pensar que entre más guapo o más bonita sea una persona, es más feliz.

más valor que los atributos físicos: un chico puede ser muy guapo, pero aburrido y egoísta; otro puede ser menos guapo y deslumbrante, muy divertido y amable.

Una chica puede ser hermosísima, pero si solamente está preocupada por su aspecto, su pelo, su ropa, su conversación, puede ser limitada. Tal vez, otra chica menos bonita puede ser tan buena conversadora y escuchar a los demás con tal atención e interés que nos parezca linda por dentro y por fuera.

No cabe duda que la belleza exterior existe, pero es muy frecuente que la belleza interior se desborde al exterior. Si una persona es alegre y se queja poco, si siempre está pensando en que tiene ganas de hacer algo que pueda ayudar a los demás, si recuerda los momentos divertidos, si cuenta buenos chistes, es muy probable que su sonrisa nos deslumbre y nos encante. A veces, la mirada de quien está pensando en algo que le gusta tiene un cierto brillo, y una risa sincera puede iluminar su cara de una manera que se vuelve inolvidable.

Lo que sí podemos cambiar de nuestra apariencia

Puede ser que haya aspectos que no nos encanten de nuestro físico; si es algo que no podemos modificar, habrá que aceptarlo y sacarle provecho y partido. Todo lo que parece un defecto, puede llegar a ser una cualidad.

Pero hay algunas cosas que sí podemos modificar: si estamos un poco gorditos, entonces hay que vigilar lo que comemos. Hay que ser sinceros: todos sabemos qué debemos dejar de comer para estar más en forma. Claro que implica un esfuerzo, y los antojos son fuertes, pero también lo deben ser nuestras ganas de sentirnos mejor con nosotros mismos.

Cuidando nuestra alimentación y haciendo ejercicio sistemáticamente podemos fortalecer nuestro cuerpo y darle un aspecto sano. Nos podemos fijar en la ropa que nos queda mejor, y favorecer de esa manera nuestra apariencia.

También podríamos intentar un corte de pelo distinto, ver si nos gusta nuestra imagen, y si no, el pelo crece.

Ojo con las dietas

Tampoco nos debemos dejar impresionar por las fotos de las modelos que salen en las revistas o por los actores forzudos que vemos en el cine o la televisión. No todos podemos (ni debemos) ser como ellos. Mucho cuidado con hacer dietas para vernos como Britney Spears, enflacar de más puede ser muy peligroso para la salud. Además, es una idea equivocada creer que seremos más exitosas y más amadas si lográramos vernos como ella. El amor y la alegría tienen más que ver con el carácter que con el "envase".

Bajar un poquito de peso puede ser saludable, si es que tenemos kilos de más. Si no es así, bajar mucho de peso pone en riesgo la vida. Si creemos que comiendo como pajarito obtendremos una silueta soñada o si sigues creyendo que por más flaca que estés te sobran gramos, hay que pedir ayuda profesional. Es muy importante.

Con la salud no se juega.

Moda y éxito con los amigos

Las propuestas que hace la moda son divertidas, pero no podemos creer que seremos más valiosos si nuestros zapatos, pantalones, camisetas o calzoncillos son de una cierta marca. Ni que tendremos más amigos si traemos una etiqueta en la ropa. Ni que nos irá bien sólo si llevamos tenis que tienen nombre y apellido.

En cambio, si nos gusta el color de nuestra ropa puede que estemos mejor dispuestos para las alegrías del día. A veces hay que ser un poco atrevido y ponernos colores que no acostumbramos. Probar estos pequeños cambios puede traer algunas sorpresas agradables. Quizá descubramos que podemos sentirnos seguros con lo que traemos, más porque estamos contentos que por el atuendo en sí. Es decir, "lo contento" nos queda muy bien a todos.

Gustarte a ti mismo(a)

Claro que todos desearíamos cambiar algunas cosas de nuestro aspecto. Lo más importante es tratar de agradarnos a nosotros mismos. Fíjate bien y seguro encontrarás aspectos de tu cara y de tu cuerpo que son muy lindos. Puedes reconocértelos sin ser presumido(a). También puedes

hacer una lista de las cosas que te gustan de tu carácter. Con seguridad, esto se transparentará a tu exterior. Lo más importante es tratarte bien y cuidar tu cuerpo.

Las personas más agradables son las que están contentas consigo mismas; así, se critican menos a sí mismos y a los demás. Y recuerda, seas chico o chica, hay un adorno que nos queda bien a todos: **la sonrisa**.

Puedes hacer un libro sobre ti mismo(a). Puede tener dibujos o recortes pegados que expresen lo que quieres decir. Puedes hacer tantos capítulos como desees, aquí hay algunas sugerencias:

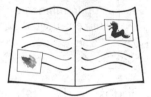

1. Las cosas que más me gustan de mí mismo(a).
2. Las cosas que me gustaría cambiar de mí mismo(a).
3. Cosas que me hacen sentir muy feliz.
4. Cosas que me hacen sentir triste o enojado(a).
5. Cómo quiero ser en diez años.

Rompe con la rutina. Abre los ojos y descubre nuevas cosas.

✓ Cambia de lugar en la mesa, péinate con la mano izquierda si no eres zurdo(a).

✓ Proponte durante un día no hablar
mal de nadie, ni chismes, ni críticas.

✓ Si tienes preferencia por alguna
"palabrota", no la uses para
nada durante un día.　　✓ Por una noche, duerme
al revés en tu cama.

✓ Fíjate qué otra cosa haces todos los días,
casi sin darte cuenta, y piensa si te gustaría
hacer algunos cambios al respecto.

Ponle un palacio
al buen humor.
Es un inquilino de
lujo en tu vida.

❯ Si te gustan los chistes,
compártelos. Disfruta la
risa de los demás.

❯ Todos los días, ten un minuto para ti;
úsalo para pensar en lo que más te gusta.

❯ Cuando sientas un poco de irritación,
recuerda tu minuto placentero.

❯ En los momentos de
aburrimiento, recuerda el
mejor chiste de la semana.

❯ Fíjate en lo que te pone
de buen humor: cultívalo,
cuídalo y compártelo.

¿Qué tan buen observador(a) eres?

> Observar lo que sucede, afuera y adentro tuyo, puede darte información muy importante.

 Observa el "estado del clima" de tu corazón: ¿Soleado? ¿Lluvioso? ¿Nublado? ¿Despejado?

Observa a tu alrededor. Lo que vemos todos los días, a veces, se vuelve transparente. Fíjate.

Puedes descubrir maravillas donde pensabas que no había gran cosa.

Todos los días puedes inaugurar un par de ojos nuevos.

A veces, vas con los ojos abiertos, pero dormido(a).

¡Despierta! Abre tus ojos al mundo.

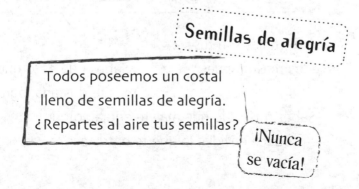

Semillas de alegría

> Todos poseemos un costal lleno de semillas de alegría. ¿Repartes al aire tus semillas?

¡Nunca se vacía!

> ¿Tienes alguna canción favorita? ¿Cuántas veces la tarareas al día?

> ¿Sientes cariño por alguien? ¿Se lo dices?

> ¿Te da gusto ver a alguien? ¿Le sonríes?

> En realidad aprecias lo que hace alguien por ti. ¿Se lo dices?

> Te sientes orgulloso(a) de algo que lograste. ¿Te felicitas?

> Hay palabras que traen alegría; ¿las saboreas? ¿Las repartes? ¿Las derrochas?

Conócete a ti mismo(a)

Entre mejor te conozcas, podrás resolver mejor lo que la vida te presenta. Este es un camino que no termina nunca, pero que puedes empezar ya.

¿Sabes cuáles son tus miedos más grandes?

¿Sabes qué es lo que más te gustaría lograr?

¿Sabes qué es lo que más te enoja, lo que te produce envidia, lo que te entristece?

¿Puedes nombrar tus cualidades?

¿Sabes cuál es la que más te importa?

¿De qué te sientes orgulloso(a)?

Enojos

A veces nos enojamos y sentimos una gran tormenta por dentro. Podemos hacer algunas cosas para ayudar a convertirla en una "lluvia tropical". Después, podrás hablar de tu enojo con más tranquilidad.

❯ Puedes tomar unas hojas de papel (usado es mejor) y romperlas en pedacitos pequeños. Siéntate con un basurero al lado, y no te levantes hasta terminar con las hojas.

❯ Toma un papel y un lápiz. Cubre la hoja con rayones de lápiz hasta que casi no quede espacio. Después, puedes tirarla.

❭ Escribe en una hoja, todo lo que te molestó. Dale rienda suelta a escribir tu enojo. Después, puedes romper esa hoja.

❭ Imagina tu enojo como una capa de pintura que te recubriera. Imagina un gran río limpio y fuerte. Te sumerges en el río, poco a poco, sintiendo la corriente, y ve cómo la pintura se va disolviendo, se mezcla con el agua, no resiste la poderosa fuerza del agua. Por último sumerges la cabeza, y cuando sales, no hay más capa de pintura, el río se la llevó, y el agua sigue siendo tan cristalina como antes.

¿Qué hacer cuando nos enojamos con alguien?

Enojarse no es agradable, pero a veces nos ayuda a aclarar las cosas.

✓ **Ponle palabras a lo que te enojó. A solas, dite a ti mismo(a) cómo te sentiste.**

✓ Busca un momento oportuno para decírselo a la persona con quien te enojaste. Procura que haya tiempo para hablar, y que estén a solas.

✓ Cuando estés con la persona que te hizo
   enojar, dile tu molestia mirándolo a los ojos.
   No dejes que tu enojo busque insultos, pero
   no olvides decir nada de lo que te molestó.

✓ Los enojos atendidos desaparecen más
rápidamente y pueden acercar a las personas.

¿Eres enojón o enojona?

Si sientes que una situación te hace enfurecer,
puedes mejorar, sentir menos coraje y no dejar
que se aprovechen de ti.

Trucos:

❯ Si algo te hace enojar muchísimo y sientes como sube
en tu interior el coraje, imagina que el enojo sale de
tu cuerpo por la parte de arriba de tu cabeza, como
si fuera una erupción de lava. Mira cómo la lava y el
humo sólo salen por la parte de arriba de tu cabeza
y no por la boca ni por los puños.

> ❯ Mientras dure la "erupción", no hables. Lo
> que decimos cuando estamos enojados
> puede lastimar a otros o a nosotros mismos.

❯ Puede ser que te den ganas de golpear. Reconoce tus ganas, pero no golpees. Los golpes no solucionan el problema y causan mucho resentimiento y malestar en las dos partes. Si puedes retirarte a tu habitación y golpear una almohada, hazlo.

❯ Cuando ya no esté "saliendo lava", piensa en lo que te molestó. Busca las palabras para decir lo que no te parece. Pide claramente lo que no quieres que vuelva a pasar. Prepárate a escuchar algo que puede estar molestando a la otra persona.

❯ No ser peleonero/a no quiere decir que vas a permitir que te traten mal.

❯ Haz un trato con la otra persona. Seguramente los dos pueden salir ganando. Aclara lo que necesitas y toma muy en cuenta lo que necesita la otra persona: el enojo sirvió para lograr un trato justo.

Tratar bien a los demás es importante para nuestro propio éxito. A veces, molestamos a alguien que se deja porque eso nos hace sentir superiores a esa persona. Sin embargo, estamos mostrando lo contrario.

> Juntarse con otros para molestar a alguien no es señal de valentía.

> La fortaleza no está en burlarse de alguien que no puede defenderse.

> Trata a los demás como te gustaría que te trataran.

> Demuestra tu "estatura" con el tamaño de tu corazón.

Eres tu mejor amigo(a)

Cuentas contigo para cualquier situación. Aprende a confiar en ti y a actuar con confianza y seguridad.

✓ Alégrate de todo lo que haces bien, de todo lo que te sale bien, de todo lo que te funciona bien.

✓ Disfruta de estar contigo, tanto como disfrutas de compartir con los amigos.

✓ Sé amable contigo. Lo que no te salió bien, puede salir mejor.

✓ Escucha lo que dice tu corazón; escucha lo que dice tu pensamiento. Son muy importantes para tomar buenas decisiones.

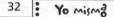

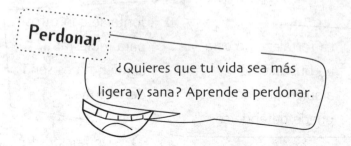

Perdonar

¿Quieres que tu vida sea más ligera y sana? Aprende a perdonar.

Debes comprender que perdonar es bueno, es algo muy favorable, "espiritual". Pero además, perdonar es importante, pues si no lo haces, echas a perder tu vida. ¿Crees que cuando no perdonas, la persona que te lastimó sufre? No. Puede ser, incluso, que ni siquiera esté enterada.

Cuando no perdonas, quien sufre eres tú. Culpar a alguien, te hace sentir desdichado(a) y dependiente de los otros. El rencor arruina tu vida. Incluso, puede arruinar tu salud.

Para perdonar a alguien no tienes que estar de acuerdo con lo que hizo. Tu vida debe seguir su marcha, no te detengas en lamentos ni albergues malos deseos hacia nadie; eso no ayuda. Las personas felices no hacen listas con sus resentimientos. Perdonar es dejar que las cosas se vayan. Continuamente.

Perdonar no siempre es fácil. Pero recuerda que no perdonamos sólo para el beneficio de los demás, sino para nuestro propio beneficio, porque hacerlo nos libera de sentimientos negativos que nos degradan y que pueden llegar hasta perjudicar nuestra salud.

Pedir perdón es una tarea difícil que sólo los(as) valientes emprenden.

En un momento de enojo podemos haber dicho o hecho algo que lastime a otra persona.

Es posible que nos hayan castigado por lo que hicimos. Y pensamos que al cumplir el castigo ya hemos pagado nuestra culpa y ya se remedió el problema. Pero no es así. Más allá del castigo o el regaño que hayas recibido, puedes encontrar palabras para disculparte. Esas palabras deben ser sinceras. Solamente pueden ser sinceras y salir de lo más profundo de tu corazón.

La persona ofendida se sentirá mejor. Pero, lo más importante, tú también sentirás un gran alivio y tranquilidad. A veces, pedir perdón parece difícil, pero nunca es imposible. Es una tarea de valientes reconocer los errores y ofrecer una disculpa y sólo después conseguirás seguir adelante sin cargos de conciencia.

¿Eres muy preocupón(a)?

Si eres de aquellos que están constantemente preocupados por lo que ocurre o lo que puede ocurrir:

R   Toma papel y lápiz y haz una lista de tus preocupaciones.

R   Pregúntate si hay algo que puedes hacer con respecto a cada anotación.

R   Si hay cosas que puedes mejorar, hazlo. Prepara un plan. "Voy a mejorar mi físico: comer sanamente, hacer deporte..." "Voy a mejorar mis calificaciones: pedir ayuda, tomar todos los apuntes, estudiar..." Escribe tu plan. Es decir, convierte tu preocupación en ocupación.

R   Si necesitas ayuda para resolver algo, pídela.

ℛ Si no puedes resolver algunas
preocupaciones, guarda el papel
en un cajón y haz algo divertido.

ℛ En una semana o en un mes,
puede ser que ésas ya no sean
preocupaciones tan grandes.
O que ni siquiera sean
preocupaciones.

También es natural que en la vida te enfrentes a
algunas decepciones, pero debes asumirlas de una
manera menos negativa.

ℛ Si sufres una decepción, no sirve
de nada preguntarte "¿por qué
me pasa esto a mí?" Sentir lástima
por nosotros mismos no ayuda a
solucionar los problemas.

ℛ Decir: "No es mi culpa" es una
manera de no hacer nada.
Mejor pregúntate: "¿Qué
puedo hacer al respecto?"

ℛ Si buscas culpables, lo más probable es que
la dificultad continuará. Mejor pregúntate:
"¿Soy responsable de esto que pasó?",
y "¿cómo puedo asegurarme de que no
vuelva a pasar?"

ℛ Todas las decepciones son oportunidades
para cambiar tu manera de pensar.
No las desaproveches.

ℛ No esperes que todos estén
siempre de acuerdo contigo.
No hagas depender tu felicidad
de la opinión de tus amigos(as).

Sácale partido a los problemas. Puedes aprender
de ellos y mejorar tu situación.

ℛ A veces no actuamos
hasta que tenemos un
problemón enfrente:
si reprobaste una
materia, ahí está el

problema, pero ahora necesitas
un buen plan para resolverlo.

℟ Consigue alguien que te
explique. Estudia más de lo
que acostumbras. Practica
y asegúrate de lo que sabes.

℟ Al poco tiempo estarás
aprobando la materia,
gracias a que tuviste un
problema y lo resolviste.

Cada problema requiere de tu ingenio para solucionarlo y
serás cada vez más hábil para hacerlo.
Aprendemos mucho de cada problema que enfrentamos.
Así que los problemas no son necesariamente malos. Nos
obligan a actuar. Descubrirás que cuando actúas, pronto
estarás mejor que antes de tener el problema.

En la vida también debes tener cuidados constantes.

> Ninguna persona puede tocarte o
> tratarte de una manera que te haga
> sentir incómodo(a).

Si alguien te propone un juego diciendo que es un secreto y que no debes contárselo a nadie, tú puedes negarte. Si alguien te toca de un modo que te hace sentir mal, di: No y aléjate.

Si te amenazan de alguna manera, no les creas y habla con alguien de tu confianza.

No tienes obligación de aceptar o callar algo que te hace sentir mal. Puedes buscar ayuda, contárselo a alguien y dejar de tener miedo.

Regalar cumplidos y recibirlos

Le puedes regalar cumplidos a los amigos, a las amigas, a alguna persona que te guste mucho, y a tu familia. A todos les gusta recibirlos.

Los cumplidos que hagas deben ser verdaderos. Es decir, no se vale decir algo lindo que tu pienses que no es cierto.

Cuando le dices algo lindo a alguien, lo haces sentir bien, y tú también te sientes bien. Cuando te digan algo lindo acerca de ti mismo(a), simplemente sonríe y agradece.

Observa cómo te sientes cuando alguien te dice algo agradable. Conserva la sensación y disfrútala.

A veces nos entristecemos por lo que no somos, por lo que no tenemos. Y puede ser que no apreciemos todo lo que tenemos. Para ello te proponemos algunas acciones:

❯ Modestia aparte, fíjate en lo que te gusta de ti mismo(a).

❯ Mírate en un espejo y nombra tus atributos. Seguramente hay cosas que quieres mejorar. Por el momento, fíjate solamente en lo que sí te gusta.

❯ Abre tus ojos "de adentro". Ponle palabras a las cosas que te gustan de tu forma de ser. No seas tímido(a), no estás siendo presumido(a). Tienes cualidades y es importante saber cuáles son.

❯ Mira lo que te rodea. Seguramente quisieras otras cosas, pero por el momento, haz el recuento de lo que sí tienes.

Leer un buen libro puede ayudar a sentirnos mejor. Las historias de los libros nos ayudan a entendernos a nosotros mismos, a escuchar los sentimientos revueltos que tenemos en nuestro interior. Un libro es como un jardín, como una cobija tibia, como una ventana. Por ello:

❯ Róbale un ratito a la tele y empieza a leer algún libro a ver si "te atrapa".

❯ Pídele a alguien que te recomiende algún libro que le haya encantado.

❯ Averigua en la biblioteca, pregunta, hojea y dale una "probadita" a algún libro que parezca interesante.

❯ Hay cosas maravillosas, increíbles y asombrosas en los libros. No en todos, claro, pero hay que convertirse en un buen detective para encontrar algunos libros apasionantes.

Es necesario levantarse con ánimo.  ¿Cómo?

Ⱃ Hay cosas que podemos hacer para levantarnos con buen humor y ganas de disfrutar el día.

Antes de abrir los ojos,
estírate y mueve
el cuerpo suavemente,
disfrutando la sensación.

 Cuando pongas los pies
sobre el suelo, antes de ponerte
de pie piensa en algo
que te guste mucho: un lugar,
un paisaje, un momento
del día, una persona, un color...

 Cada día puede traer una
sorpresa agradable o
"un instante de paraíso",
como dicen los poetas.
Levántate dispuesto a
encontrar algo maravilloso.
Si no llega hoy, seguramente
llegará mañana.

 Cada día tiene algo que merece
celebrarse. Abre bien los ojos: a
veces puede ser el azul del cielo,
a veces algo muy asombroso.

También es increíble soñar despierto: a veces parece que estamos en la Luna y, en realidad, estamos haciendo cosas muy importantes para nosotros. Soñar despierto puede ser el principio de un deseo que se cumple. Por eso:

- Sueña, con los ojos abiertos, que te conviertes en lo que más te gustaría. Imagina cómo sería tu vida.

> Sueña que vas a tu lugar preferido en el mundo. ¿Qué hay ahí, qué te llevas, hay alguien más o estás solo?

> Sueña que un deseo tuyo, muy importante, se cumple. Imagina qué pasaría si se cumpliera.

- Sueña que el deseo de alguien que tú quieres se cumple. Imagina su alegría.

¿ ? ¿ ? ?

Es muy probable que todos hayamos mentido
alguna vez. Quizá recordemos haber dicho que no
fuimos nosotros los que rompimos el jarrón,
que no nos comimos el último pedazo de pastel
o que no nos fuimos de pinta. Hay veces en que la
mentira surge de repente, y otras en las cuales
la planeamos con tiempo y premeditación.

En algunas ocasiones salimos
airosos con la mentira y, en
muchas otras, nos creamos una
complicación muy grande.
Decir la verdad la mayor
parte del tiempo puede
ahorrarnos grandes
problemas, produce
tranquilidad interior, nos
convierte en personas
confiables y podemos
establecer mejores
relaciones.

Todos nuestros actos tienen una razón de ser. Si mentimos, es importante entender por qué lo hacemos. Sólo así podemos decidir de mejor manera cómo manejar la situación.

Por miedo: Es frecuente decir una mentira porque tenemos miedo de que se enojen con nosotros, de que nos regañen o castiguen. Pensamos que no somos capaces de enfrentar la responsabilidad de lo que hicimos. En ocasiones, podemos cometer un error o una torpeza y debemos aprender a aceptar que nos equivocamos para poder reparar el daño.

Otras veces, ocurre que hicimos algo que sabíamos que estaba prohibido y mentimos por miedo a un castigo. Nos da temor enfrentar las consecuencias de nuestros actos.

Posibles remedios: Somos responsables de todos nuestros actos y debemos tener presente que lo que hacemos tiene consecuencias. Si enfrentamos nuestro miedo, reconocemos el error y decimos valientemente la verdad, es posible que logremos una consecuencia justa.

De todos nuestros actos aprendemos algo, pero los errores son grandes maestros.

Por inseguridad: A veces queremos parecer distintos a lo que somos, queremos ser "más", inventamos atributos que no tenemos para intentar agradarle a los demás. Y una mentirita necesita otra para sostenerse, y después otra más. Y antes de lo que pensamos, nos vemos armando un edificio de mentiras que, tarde o temprano, acabará por caerse.

Posible remedio: Acepta lo que eres, tal como eres. Ni más ni menos. Hay muchas cosas que puedes mejorar, pero no podemos mentirnos a nosotros mismos acerca de lo que somos.
Alégrate de lo que sí eres.

Por enojo: Puede ocurrir que el enojo haga que inventes una mentira para echarle la culpa a alguien. Sientes que de esa manera te desquitas de algo que consideras injusto. En la confusión del enojo quizá lastimes a alguien que ni siquiera tenga que ver en el asunto. Como el enojo no permite ver claramente, la mentira puede ser muy dañina y muy grande el daño que causes con ella.

Posible remedio: Es importante aprender a expresar nuestro enojo con la persona indicada y en el momento adecuado. A veces, hay que darse un tiempo para después poder expresar nuestra molestia de manera eficaz. El enojo se debe transmitir de la manera más directa posible, cuidando las palabras, pero expresando claramente lo que no nos parece.

Reconocer la mentira y disculparse es necesario para reparar el daño causado.

Por confusión de sentimientos:

¿Sientes envidia y no te has dado cuenta? ¿Sientes rencor y no sabes bien por qué? Es posible que la confusión haga que mientas, creyendo que eso te hará sentir bien o pienses que mintiendo desaparecerá lo que te produce envidia o malestar. Y no es así.

Desafortunadamente, cuando estamos confundidos, nuestras acciones pueden estar equivocadas y crear un montón de problemas. Ni las mentiras te hacen sentir mejor, ni se te quita lo que te hacía sentir inseguridad.

Posible remedio: Solamente nosotros podemos saber qué es lo que realmente estamos sintiendo. Necesitamos ser valientes y mirar en nuestro interior. Los celos, el rencor y la envidia no son sentimientos lindos, pero son humanos.
Si reconocemos lo que sentimos ante nosotros mismos, podemos evitar actuar impulsados por ese sentimiento oscuro.

Por "amabilidad": Cuando nos pregunta la tía Paquita cómo se ve con su vestido rojo de bolitas y sus zapatos de moño, no le contestamos la verdad: "Te ves como un hipopótamo con varicela". Por educación, por cariño, sobre todo si la vemos tan contenta con su vestido nuevo, mentimos suavecito: "Pues... se te ve lindo..."

Posible remedio: Estas mentiras "blancas" o "piadosas" son muy utilizadas en la convivencia. Cuando tenemos una relación más cercana, es importante encontrar una manera cuidadosa y dulce de decir cuál es nuestra opinión.

Cadena de mentiras

Para sostener una mentira, casi siempre es necesario inventar otras. Cuando nos preguntan algo que no coincide bien con la primera mentira, nos vemos obligados a mentir de nuevo. Y al pasar el tiempo, tendremos que recordar cómo fue exactamente la mentira que dijimos para no ser puestos en evidencia. El caso es que muy pronto podemos vernos envueltos en una cadena de mentiras que llega a pesar muchísimo... Tantas mentiras acumuladas se vuelven una fuente de preocupación continua, y nos roban la ligereza de estar con los demás sin andarse cuidando. Así que, ojo, más vale reconocer y hablar con la verdad antes de que sea demasiado larga la cadena.

¿Qué hacer cuando ya lastimamos a alguien?

Cuando nos descubren en una mentira, lo primero que se pierde es la confianza. Y ésta tarda un buen tiempo en restablecerse. Si mentiste a tus padres, probablemente pase un tiempo antes de que te vuelvan a dar permiso para salir. Si le mentiste a una amiga, vas a necesitar paciencia antes de que vuelva a acercarse y te cuente sus cosas.

En general, todas las personas que se sienten engañadas, agradecen una disculpa y una explicación. Antes de darlas, analiza bien tus sentimientos, porque tanto la disculpa como la explicación tienen que ser absolutamente sinceras. Después, tendrás que realizar actos de sinceridad y honestidad constantes para que se reconstruya la confianza.

¿En todas las sociedades mienten?

Si dijéramos absolutamente todo lo que pensamos, tal como lo pensamos, nuestras relaciones sociales se verían bastante estropeadas. Para funcionar en sociedad, vamos aprendiendo, conforme crecemos, a no decir abiertamente ciertas partes de nuestro pensamiento. Eso facilita la relación con los demás, aunque no cambie nuestra manera de pensar. No es necesario ofender a una persona con tal de ser honestos: decirle a tu maestro que se parece mucho a Tribilín, aunque sea cierto, lo va a herir y a ti te puede causar grandes problemas.

Así que, en este sentido, es muy posible que no exista nadie que no haya mentido alguna vez.

Sin embargo, proponte hacer el ejercicio de no decir ni una mentira, ni grande, ni chiquita durante un tiempo. Y obsérvate.

¿Por qué los adultos quieren que los niños no mientan y ellos sí lo hacen?

A algunos adultos se les olvida que los hijos aprenden mejor con el ejemplo que con los discursos. Otros piden que los niños no mientan nunca y ellos mismos dicen mentirillas blancas. Los niños no comprenden esa diferencia y les parece que los adultos no son congruentes.

Algunas veces, los adultos les miente a los propios hijos y los mantienen engañados con respecto a diferentes asuntos: generalmente en lo relacionado al nacimiento, al amor y al sexo.

Cuando los niños se dan cuenta que recibieron respuestas inexactas a sus preguntas, reaccionan con gran desconfianza y tienden a dejar de creer en las demás respuestas. Pero esto tiene una razón de ser: algunos padres prefieren no dar respuestas verdaderas para "**prolongar**" la infancia de sus hijos. Con el tiempo y con cuidado, se logra reestablecer la confianza de los niños hacia los adultos. Pero, por lo general, todos los adultos bien intencionados procuran enseñar a los niños que los problemas se solucionan más fácilmente **sin mentiras**. Por otro lado, están preocupados por la seguridad de sus hijos, y las mentiras pueden ponerlos en peligro.

Capítulo 2

Yo y los demás

Los amigos

Los amigos(as) son
la sal de la vida

 ¿Tienes a alguien con quien reírte
y a quien contarle tus secretos?

 ¿Tienes un(a) amigo(a) con quien jugar
sin importar si ganas o pierdes?

 ¿Tienes un(a) amigo(a)
con quien no es necesario
aparentar y puedes ser
tal como eres?

¿Conoces a alguien
para quien tu apoyo
es importante?

¿Cuentas con alguien cuando
te preocupa algo?

Si la respuesta es sí, entonces eres afortunado(a):
sabes lo que es tener una buena amistad.

Celébralo y disfrútalo.

Hacer amistades

Siempre hay algo agradable que decirle a la persona que te interesa.

Siempre hay algo que te gustaría saber para conocerla(o) mejor.

Los amigos aprecian ser escuchados, porque las amistades largas siempre tienen una base de confianza, de lealtad y mucha risa.

Amabilidad

Para hacer buenos amigos y conservarlos, la amabilidad es fundamental. Puedes convertirte en experto(a) en amabilidades y disfrutar doblemente.

Ser amable no quiere decir ser empalagoso, ni cursi, ni falso. Todos los gestos que hagas tienen que estar de acuerdo con tu forma de ser. Esto es muy importante: ser amable no es ser hipócrita, ni te hace débil.

› Puedes ser amable, sonriendo, diciendo "por favor", expresando ideas agradables sobre otra persona, haciendo favores. Esto tendrá un efecto en quien está cerca de ti.

◆ A la larga, tu estado de ánimo también mejorará.

› Ser amable puede hacerte sentir bien de dos maneras: la mayor parte de las veces, las personas contestarán de manera agradable y tú te sentirás contenta(o) contigo misma(o).

¿Cómo decir la verdad?

Algunas verdades duelen. Lo sabemos todos. Podemos tratar de decirlas cuidando lo mejor posible a la otra persona y a nosotros mismos. Puedes seguir los siguientes consejos:

La verdad es el ingrediente de las buenas relaciones.

Trata de decir lo que no te parece de la manera más amable. Piensa en cómo te gustaría que te lo dijeran. No le des muchas vueltas, mira a los ojos y di lo que tienes que decir.

Busca un momento a solas. A nadie le gusta tener público cuando nos muestran un error.

Si se trata de algo que te molesta, empieza tu frase así: "me molesta que me digas groserías", en vez de: "eres un grosero". Siempre di lo que tú sientes o lo que a ti te parece y no lo que dicen o piensan los demás.

Ten claro que dices la verdad para mejorar la relación. Si no vale la pena esa relación, no uses la verdad para lastimar a nadie.

Para superar esas decepciones, fíjate en tus diversiones. Puedes descubrir algunas nuevas formas de disfrutar de tu tiempo.

Si eres un as en los videojuegos, prueba jugar matatenas. Con la velocidad de reflejos que tienes, puedes llegar a ser muy bueno(a).

Si eres un mago en el ajedrez, pon un disco de rock y baila como si nadie te viera. Sentirás mucha energía y tu concentración mejorará.

Si tu ocupación es ver la televisión, busca la oportunidad de treparte a un árbol y fíjate en tus pensamientos. Puedes tener ocurrencias geniales.

Si te gusta la patineta, procura armar un castillo con palillos de dientes, o acomoda las fichas de un dominó de manera que cuando empujes una, caigan todas. Mejorará tu pulso y tu respiración.

Intenta un juego nuevo, puede que descubras que te apasiona y que tienes talentos que no te conocías.

Los amigos(as) son como las plantas: hay que cultivarlos, cuidarlos y fijarse si le hemos dado suficiente "sol y agua".

Cultivar la amistad

 ¿Cuando te juntas con tus amigos(as), siempre tomas la palabra y no la sueltas? Aprende a escuchar a tus amigos(as). Ellos también tiene algo que decir y puedes aprender de ellos(as).

¿Participas en chismes que tienen que ver con tus amigos(as)?

Un buen amigo no habla cosas a espaldas de su amigo. Si no puedes decirle lo que piensas directamente, no se lo comentes a otra persona.

 ¿Sólo se juntan para hablar mal de otros?

Lo que hablamos es el terreno donde se cultiva la amistad. Hablar mal de otros empobrece la amistad. Fíjate si pueden hablar de cosas que les gustan, de temas que les interesen o si comparten alguna actividad divertida.

 ¿Le has dicho a tu amigo(a) lo importante que es para ti?

Decirle lo que te gusta de él o ella, lo que aprecias y valoras su amistad, es un enriquecimiento para ti. No te lo pierdas.

Algunas ideas para hacer amigos en la escuela

✓ Observa a otros niños. ¿Hay quienes jueguen sin burlarse ni pelearse? Pueden resultar buenos amigos.

✓ Observa qué les gusta a los demás niños. Averigua lo más que puedas; así podrás hablar con ellos de estas cosas.

✓ Cuando juegues con otros niños, respeta los turnos y las reglas. Di cosas amables o, al menos, no digas cosas desagradables.

✓ No presumas o armes alboroto para llamar la atención.

✓ A casi todos les gusta hablar de sí mismos. Haz preguntas sobre sus juegos, deportes o programas favoritos.

✓ Trata a los demás en la forma en que quieres que ellos te traten. Ésta es una regla de oro.

¿Algunos compañeros te molestan y te hacen sentir mal?

Si necesitas o quieres resolverlo por ti solo(a), ten en cuenta estos puntos:

✓ Mantén la calma.

✓ Exprésate de forma tranquila, sin gritar y sin temblar. Mira a los ojos de quien te está molestando. Sugiere que haga otra cosa, no lo exijas ni amenaces.

✓ Di cómo te sientes. Busca una razón para que "el molestón" se detenga y entonces aléjate. Ejemplo: Me enoja que tomes mi lápiz sin pedírmelo porque lo puedo seguir necesitando.

❯ Es importante que sepas algo: si te están molestando, no es que haya algo mal en ti. En general, los molestones no se agradan a sí mimos y tratan de liberarse de sus frustraciones haciendo sentir mal a los demás. También es cierto que son cobardes, y atacan cuando se sienten apoyados por otros.

Tú puedes hacer algo:

> Si puedes, ignora al molestón. Él o ella están buscando una reacción. Si tú no pareces molesto(a), puede ser que te dejen tranquilo(a).

> Si esto no ocurre, habla con algún adulto al respecto. Si el primer adulto o maestro no reacciona, dile a otro y a otro. El molestón quiere que guardes silencio, no le hagas el juego. No te rindas, busca ayuda.

> Si ves que están molestando a alguien, proponle que cuente lo que está pasando.

◆ Acércate a la persona a la que están molestando. Para la persona que se siente mal y solitaria, puede ser muy importante.

Si alguien te molesta mucho en la escuela, ten en cuenta los siguientes puntos:

☐ Primer paso: Detente y cuenta hasta cinco.

☐ Piensa qué opciones tienes:

    ☐ ¿Ignorar lo que ocurre puede funcionar?

    ☐ ¿Puedes alejarte simplemente?

    ☐ ¿Necesitas que algún adulto te ayude?

    ☐ ¿Puedes arreglarlo tú solo?

Los celos

¿Qué son los celos?

Cuando los sentimos, nos entra como una amargura, nos volvemos rasposos, nuestro silencio es oscuro y nuestras palabras se vuelven cortantes.

Realmente, los celos son como un cocodrilo que nos comiera la parte más alegre de nuestro carácter. Un cocodrilo que todos conocemos, tememos y que quisiéramos guardar en una buena jaula.

Hay muchas situaciones que nos pueden hacer sentir los filosos dientes de los celos.

Situaciones que pueden provocarnos celos Tu hermanita o hermanito acaba de nacer. Todo mundo viene de visita y traen regalitos para el bebé. Casi no parecen notarte y cuando lo hacen es para preguntarte si te gusta mucho tu nuevo hermanito y si eres bueno con él. Mamá no tiene tiempo, papá tampoco. Sientes que te has vuelto invisible. Cuando el bebé hace su primera gracia, sientes que se te tuerce la boca. Cuando la familia celebra su primer diente, te invaden los celos.

› Has tenido un mejor amigo(a) durante muchos años en la escuela. De pronto, entra un nuevo alumno y todo mundo quiere ser su cuate. Hasta tu mejor amigo(a) se ve ilusionado de jugar con él(ella). Un día te das cuenta que tu amigo del alma prefiere contarle sus cosas al nuevo(a), y los celos te plantan una buena mordida.

> Te gusta secretamente un muchacho. No se lo dices a casi nadie, un poco por pena y otro poco porque te parece imposible que te haga caso. Un día, ves que una niña le platica, se sonríe, se hace la chistosa, y que él parece estar encantado. Gruñes un poco por dentro. Pero al poco tiempo, te das cuenta que él le carga la mochila y ya corre el chisme de que son novios. Tu corazón llora y los celos clavan su cuchillo.

> Te encanta esa niña. Sueñas con ella de día y de noche. Hasta imaginas que un día ella te mande una cartita. Presumes que un día te le vas a declarar, pero que ahorita todavía no quieres tener novia. Un día ves que un muchacho la abraza y que ella se recarga en su hombro. Tus amigos se ríen y a ti te arden los cachetes y el  amor propio. Los celos te dan un golpe en el estómago.

¿Qué nos pasa?

En todas estas situaciones, sientes que perdiste algo muy importante. Los celos surgen cuando sentimos que, de pronto, otra persona se lleva lo que nos pertenecía. Es muy doloroso, y la mente busca toda clase de explicaciones. Puedes llegar a pensar que la otra persona es mejor que tú y que debe existir una buena razón para que lo hayan preferido. Que quizás tienes defectos que no habías percibido.

Te invade una sensación de inseguridad que te hace dudar de casi todo. Dudas hasta de las cualidades que ciertamente posees y del amor que otros sí te dan. Sufres, pero al mismo tiempo no puedes evitar observar a la persona que te gustaba. Si los celos son por un hermanito, crees que debes destacar a como de lugar, te esfuerzas mucho y siempre te parece poco el reconocimiento que se te da. Puede ser que te sientas derrotado, que pienses que nunca más serás importante para tu familia, y te preguntas para qué hacer la lucha. De cualquier manera y en cualquier situación, los celos clavaron sus dientes y te dejaron un poco de veneno.

Antídotos contra los celos

El dolor deja moretón. Y los moretones se tardan un poco en sanar y desaparecer.

La mejor medicina es distraerse. Si estás todo el día recordando, revisando y repasando tu dolor, va a tardar mucho en aliviarse. Puede que hasta llegue a "gustarte" ese sufrimiento.

No niegues tus sentimientos, pero piensa que el mundo es mucho más que esa única persona. Haz cosas divertidas y diferentes.

El mejor escudo para los celos es lo bien que te caigas a ti misma(o). Asegúrate de conocer bien tus cualidades y tus defectos, de saber cuál es tu lado positivo, tus habilidades y tu simpatía. Puede ser que alguien no haya sabido apreciarlos, pero seguramente habrá otros(as) que sí.

Si un hermanito te destronó, recuerda que tú también fuiste un bebito(a) gracioso(a) y que la familia estaba vuelta loca contigo. Pide que te enseñen las fotos de cuando tenías la misma edad que el bebé. Puedes decir claramente lo que sientes y lo que necesitas: "siento que no tienes tiempo para hacerme caso", "quisiera que me apapacharas a mí también". Alégrate de todo lo que puedes hacer que el bebé todavía no.

> Piensa que pronto tendrás a alguien con quien jugar, pero siempre serás el o la **mayor**.

Si tu mejor amiga(o) te abandonó por un rato, dale tiempo al tiempo. Puede ser que se dé cuenta que eres su amigo(a) del alma, y que nadie puede entenderlo(a) tan bien. Puede ser que hagas nuevos amigos y eso sea bueno. Aprenderás mucho sobre la amistad en este tiempo.

Si tenías un amor y se fue con otra persona, atiende tus sentimientos: escúchalos, escríbelos, llora si es necesario. Y después, recuerda que en el corazón no se puede mandar: si se fue es porque no era para ti y no porque no fueras lo suficiente para esa persona. El dolor es grande, pero cada día va disminuyendo un poco. Distráete, inventa, esculpe, baila, escribe para transformar tu pena en algo distinto. Esta experiencia te permitirá ver más claramente cuando llegue un gran amor.

Las vitaminas

Como en las enfermedades físicas, en estos casos también hay remedios para aliviar el dolor y vitaminas para fortalecer el alma. Estas son algunas de ellas:

> No necesitas ser como otros para gustarle a quien puede apreciarte.

● Tú eres increíble así como eres. Además, puedes mejorar.

No te claves en la situación dolorosa. Asómate a ver el mundo. Puedes encontrar algo maravilloso.

> En todas las experiencias hay algo que aprender.

Hacer favores

Puedes convertir tu entorno en un lugar más amable, casi por arte de magia. Haz un favor (o más) cada día y observarás un cambio sorprendente.

✓ Siempre hay alguien a quien le puedes hacer un favor: se trata de que abras los ojos y siempre encontrarás.

✓ Puede ser un gran favor o uno pequeñito. El esfuerzo que hacemos siempre vale la pena.

✓ Puedes sorprender a alguien que no se lo
espera con un gesto de ayuda.

   ✓ Cuando alguien
cercano esté apurado
o preocupado,
pregunta: "¿Puedo
ayudarte en algo?"
Quizás puedas hacer algo
y, si no, tu pregunta los hará
sentir mejor.

¿Y las quejas?

¿Tú te quejas mucho? ¿Piensas más en lo
desagradable que en cosas lindas? ¿Criticas a
otros o te criticas? Si quieres, puedes cambiar
tu pensamiento y volverlo positivo.

❯ Durante un día completo, haz una rayita en
un papel por cada cosa negativa que pienses
o digas. El papel te mostrará una realidad.

❯ No trates de eliminar todos estos pensamientos
de golpe. Poco a poco, cuando veas un defecto,

encuentra cuál es el aspecto positivo que hay. Si te quejas de algo, piensa qué puedes hacer al respecto.

> Si eres muy criticón o criticona, puedes poner una monedita en una alcancía por cada comentario negativo que hagas. Al cabo de un tiempo, compra un regalo y dáselo a alguien que no lo espera.

> Si eres muy duro(a) en tus comentarios contigo mismo(a), conviértete en tu mejor amigo(a). Date ánimos, como lo haría un excelente amigo(a). El pensamiento es muy poderoso, y tus mensajes hacia ti mismo(a) se notan en todo lo que haces.

Pedir permisos

A veces, conseguir un permiso depende del momento en que lo pides, del humor de los papás y de la manera en que lo pides.

> Busca un buen momento para pedir el permiso. Fíjate si tus papás están sin

prisa, si pueden escuchar de qué se trata, si están más o menos "de buenas".

> Explícales bien de qué se trata, adónde vas y quién más va a ir...

> Dales tiempo de que piensen un poco y contesta todas sus preguntas.

> Si te dicen que no, no te va a gustar. Probablemente haya razones por las que no te dan el permiso y, quizás, también les está costando trabajo aceptar que creces.

> Muéstrales que sabes cuidarte y que entiendes sus preocupaciones.

> No te rindas. Entre más confianza tengan tus papás en ti, más fácil será obtener los permisos.

Acuérdate que si mientes, es muy probable que te cachen y, entonces, será mucho más difícil conseguir un permiso.

Los hermanos

Kanguro se les llama, a veces, a las personas que cuidan a niños pequeños. A algunos niños les encargan el cuidado de sus hermanitos, ya sea porque los padres trabajan o porque la mamá está haciendo otras cosas.

Jugar con los hermanos pequeños puede ser divertido durante un rato... Después, dan ganas de jugar a cosas distintas y no siempre tener que ayudar o esperar al hermano pequeño.

En ocasiones no queda más remedio, porque no hay nadie más que se ocupe del chiquito. Si es así, es necesario recordar que es normal que te impacientes, pero que es muy importante que no lastimes a tu hermanito ni con golpes ni con palabras. Aprende a decirle que no a ciertas cosas, y él o ella tendrán que aprender a esperar. Puedes jugar con él un rato y después ayudarlo a que se entretenga con sus propios juegos. Habla claramente, aunque sean chiquitos tienen la posibilidad de entender lo que esperas de ellos.

Si tienes una buena relación con los hermanitos es más probable que sean obedientes o considerados. Pero recuerda también que los muy pequeños son grandes "egoístas" y todo lo quieren en el instante; ése es el modo de crecer por el que hemos atravesado todos. Tú también, en algún momento de tu vida, fuiste así y, poco a poco, todos aprendemos a reconocer las necesidades de los demás.

Cuidar a un pequeñito es una responsabilidad muy grande que le corresponde a los adultos. Si te toca ocuparte del hermanito o hermanita, ten cuidado, avisa a los adultos las cosas que te parecen peligrosas o las que te preocupan. Pide que siempre te puedas comunicar con un adulto en caso de que necesites algo.

Ahora bien, hay una parte muy divertida de tener hermanos más chiquitos: puedes organizar juegos, pachangas y relajos. La risa se comparte mejor entre muchos. Consigue un libro de juegos que puedan hacer en casa. Hay muchísimos: a las traes, a las escondidas, a las estatuas de marfil, a lo que hace la mano hace la tras, a la víbora de la mar, al avión, a los disfraces, a completar historias, a completar dibujos entre varios.

Si ya son un poco más grandes, hay juegos de mesa que son muy entretenidos. Los juegos compartidos son una fuente de alegría. Y los hermanos, por muy latosos que sean, son y serán compañeros importantísimos en la vida. Quizás nadie nos conozca tan bien como una hermana o un hermano.

La curiosidad

Para conocer mejor a una persona

❭ Pregúntale cuáles son sus actividades preferidas. ¿Desde cuándo las hace? ¿Dónde las aprendió? ¿Qué otra cosa le gustaría hacer?

❭ Pregúntale qué piensa acerca de algo que a ti te interese.

❭ Cuando sean un poco más amigos, pide que te cuente

❭ Escucha lo que opina sobre los amigos, las amigas o la escuela.

algo importante acerca de sí mismo(a).

A veces, sentimos curiosidad cuando vemos que alguien se siente mal. Y siempre podemos ayudar. Lo que hacemos y decimos puede hacer sentir bien a otra persona y a nosotros mismos.

Por eso:

✓ Cuando veas que alguien se siente mal, acércate y pregúntale si puedes hacer algo.

✓ A veces, puedes ofrecer un dulce, un pañuelo, una florecita.

✓ Puedes ofrecer acompañar en silencio o escuchar qué es lo que pasa.

✓ Tenemos muchas palabras buenas y gestos amables. Los podemos guardar en nuestro interior u ofrecerlos a los demás.

La curiosidad **no** mató al gato

Es natural, y buenísimo, sentir curiosidad por muchas cosas que suceden a nuestro alrededor; eso muestra que estamos interesados en nuestro mundo, en las personas, en los descubrimientos, en la ciencia. Mucho de lo que aprendemos y no olvidamos es gracias a nuestra curiosidad.

Sentimos curiosidad por cosas que nos importan y nos interesan. ¿Cómo funcionan? ¿Por qué suceden algunos fenómenos meteorológicos? ¿Por qué se comportan los animales –y las personas– de cierta manera? ¿De qué está hecho el fuego, el agua, el aire? ¿Cómo funciona el cuerpo humano? ¿Cómo nacemos? ¿Cómo surgió el universo? ¿Por qué estamos aquí?

Las preguntas que nos hacemos son infinitas y nuestra curiosidad es el motor para intentar buscar las respuestas. Si no tuviéramos curiosidad, nuestro pensamiento se vería muy adormecido. El querer saber nos impulsa a hacer muchas cosas, a averiguar, a descubrir y a tratar de entender el mundo en que vivimos.

Los grandes descubridores, los grandes científicos fueron unos curiosos tremendos. Buscaron sus respuestas más allá de las cosas obvias y simples. Si no fuera por su curiosidad y persistencia, viviríamos en un mundo distinto al que tenemos.

El amor y la curiosidad

Cuando nos gusta alguien, queremos saber lo que más podamos sobre él o ella. Nos parece que es la mejor manera de acercarnos, sobre todo cuando no nos hacen mucho caso. Creemos que podremos averiguar lo que le interesa a la otra persona, enterarnos de sus gustos, y descubrir finalmente si nosotros le interesamos o no. Hay que recordar que, sobre el amor, la mejor información es la directa; es preferible acercarse y platicar con la persona para descubrir por nosotros mismos cómo piensa y qué siente.

A veces la curiosidad sí mata al gato

Ahora bien, también podemos tener curiosidad por asuntos que no nos enseñan ni nos aportan mucho y por motivos que no tienen que ver con las ganas de aprender: A veces nos "pican" la curiosidad diciéndonos que tienen un secreto que no nos van a compartir. Y nosotros mordemos el anzuelo. Nos desespera no saber lo que esconden y nos parece que "el secreto" es en contra nuestra.

Puede suceder que bajen la voz cuando nos acercamos o que cambie la conversación. Entonces sabemos que hay algo que no nos quieren decir y no podemos pensar en otra cosa que en eso.

A veces, nos da curiosidad por husmear y observar asuntos que no nos importan para nada. Parece que sintiéramos un cierto placer en ver sin que nos vean. Esto es delicado, porque no nos gustaría que nos hicieran lo mismo y eso puede traer grandes problemas.

Existe la idea falsa de que si nos enteramos de algo —medio chisme, medio secreto—, entonces seremos más populares. Pero hay que acordarse que los chismes deterioran muchas amistades, y que la persona que los divulga siempre queda mal.

Algunas personas creen que si poseen cierta información, ésta los puede hacer más importantes. Los datos pueden ser interesantes, pero no son propiedad de nadie. Todos podemos leer o aprender algo sin que eso nos convierta necesariamente en mejores personas. Habría que pensar por qué tenemos tantas ganas de darnos "importancia".

¿Curiosidad o chisme?

No cabe duda de que la vida de las personas puede ser apasionante, que hay secretos "sabrosísimos" y que la curiosidad puede aportarnos bastante diversión. Sin embargo, hay que distinguir entre una curiosidad saludable y un interés "medio raro" por la vida de los demás.

Si un chisme tiene que ver con nosotros, por supuesto que lo queremos saber. Pero si no tiene que ver, si no nos importa, entonces ¿dónde está el interés?

Algunas veces, nos interesa la persona que está involucrada en el chisme, ya sea porque nos gusta o porque nos cae mal. Pero, realmente, no cambia en nada nuestra vida si nos enteramos o no.

A veces le damos demasiada importancia a lo que dicen por ahí, y nos da curiosidad saber quién lo dijo, cómo lo dijo, a quiénes se lo dijo, qué cara pusieron... etc. Son informaciones que no nos hacen más sabios, no nos enriquecen en ningún sentido, que no tienen tanta importancia como parece en ese momento.

Puede ser que nuestra vida o nuestro pensamiento estén un poco vacíos de cosas interesantes, y por eso nos parezca tan entretenido andar pensando en la vida de los otros. Éste es un indicador de que nos toca "alimentar" a nuestro pensamiento y reflexionar sobre uno mismo es un buen tema.

Videojuegos, tele y amigos

Cuando no estás en la pantalla o con amigos, ¿sabes pasártela bien contigo? Lo que ocurre en la pantalla es tan rápido, que sin ella el tiempo parece lento. Hay que volver a aprender a disfrutar las cosas que pasan despacito y que ocurren en tu cabeza. Por ejemplo:

> ¿Te gusta pensar? ¿Tus ocurrencias te parecen divertidas?

> ¿Has leído algo que te apasione tanto como el último videojuego? (Sí existen libros así.)

> ¿Y oír música?

> ¿Pintas, dibujas, cantas o bailas?

> ¿Cuánto tiempo aguantas mirando las nubes pasar?

> Cuando imaginas cosas, ¿te gusta lo que imaginas?

Capítulo 3

El amor

¿Ya te enamoraste?

El amor es una fiesta que nos entra por los ojos, nos invade el corazón, el cuerpo y la mente. Nos hace bailar flotando sobre el piso y, cuando se va, nos deja un desorden muy grande.

¿Cómo podemos saber si ha llegado el amor a nuestro corazón?

Te gusta alguien, ¿pero no sabes si lo que sientes realmente es amor o no? Resuelve tus dudas contestando estas preguntas:

1 Cuando ves de lejos al niño que te gusta, ¿lo reconoces enseguida aunque esté entre mucha gente?

Sí: La silueta de la persona amada es algo que nos queda grabado en la memoria. Es un signo claro de enamoramiento. Tu pronóstico de enamoramiento pinta de color de rosa.

No: Parece que todavía estás en la fase de que simplemente te guste alguien. Puedes seguir haciendo tus actividades habituales, aún no tienes de qué preocuparte.

2 ¿Lo primero que haces al llegar a la escuela es fijarte si vino y cómo viene vestido?

Sí: Cuando la alegría de un día depende de si viste o no a una persona, estás entrando a una fase peligrosa: Tu enamoramiento avanza a pasos agigantados. Toma ciertas precauciones.

No: Si no es lo primero que haces al llegar a la escuela, estás a salvo todavía del enamoramiento.

3 ¿Te han empezado a gustar las mismas cosas que a él o ella?

Sí: Cuando nos enamoramos queremos compartir los mismos gustos y sabores con la persona que elige nuestro corazón. Tu estado ya no tiene remedio; estás enamorado.

No: Qué bueno que sigues conservando tus propios gustos. Sigues estando a salvo.

4 ¿Te has cachado repitiendo su nombre quedito, hasta que de repente alguien te oye?

Sí: Oh, oh. Tu termómetro de enamoramiento está subiendo drásticamente. Cuídate en la medida de lo posible, para que no digan que estás chiflado.

No: Si crees que esto nunca te va a suceder, despreocúpate. Por el momento no estás enamorado, pero casi nadie se salva de estarlo cuando menos se lo espera.

5 Cuando pasa cerca de él o de ella, ¿te dan ganas de respirar el aire por donde pasó?

Sí: Tu estado es de enamoramiento grave. Más vale que apuntes por escrito todas las cosas que tienes que hacer, porque pronto se te va a olvidar hasta el día de la semana.

No: Si esto te parece ridículo, puedes estar tranquilo. Ninguna flecha ha tocado aún tu corazón. Pero todavía no se han inventado chalecos antiflechas.

6 ¿Conservas algo que él o ella haya usado como si fuera el más precioso tesoro?

Sí: ¿Duermes con una corcholata o un pedazo de lápiz debajo de tu almohada? ¡Estás perdido! Asume que estás enamorado y avisa a tus familiares para que estén pendientes de ti.

No: Para nada. Qué bien, puedes andar tranquilo por

la vida, disfrutando de todo lo que te parece fascinante en el universo.

7 ¿Todo mundo ya sabe quién te gusta, menos el o la elegido(a) por tu corazón?

Sí: Cuando el corazón se llena, se desborda. Es una ley del amor. Disfruta de tu estado.

No: Si todavía conservas en secreto el nombre de la persona que te llama la atención, te encuentras en terreno seguro todavía. Nadie sabe por cuánto tiempo.

8 ¿Tus cuadernos están llenos de corazones, flores o el nombre de tu enamorado?

Sí: ¿No te enteras de las tareas, ni de la materia, ni de qué está hablando el profesor? Estás totalmente perdido. Busca ayuda de tus compañeros para que no repruebes.

No: Si solamente tienes flores, estás a salvo. Si tienes uno que otro corazoncillo, ¡aguas! En cualquier momento harás un póster con el nombre de tu amado.

9 ¿Te saludó y ya no pudiste pensar ni hacer más ese día?

Sí: Habla con tus amigos, pide ayuda. El campanazo del amor te puede dejar sordo durante varios días.

No: Si estás tranquilo, hay dos opciones: o esa persona no te gusta tanto o todavía no te ha saludado.

10 Cuando se acerca a hablar contigo, ¿te pones colorado y tu corazón parece caballo desbocado?

Sí: Disfruta, disfruta y disfruta. Además, respira lentamente; eso te puede ayudar.

No: Si la respuesta es no, quizás deberías estar leyendo algún otro cuestionario. Pero si la respuesta es que todavía lo puedes disimular, entonces te estás acercando a un estado donde todavía no han inventado frenos para el corazón.

Amor de verano

¿Conociste a la chica de tus sueños? ¿Conociste al príncipe azul? ¿Y resulta que vive en Alaska, en Timbuctú o en algún lugar igual de lejos?

En vacaciones, hay muchas ocasiones de ir a visitar lugares distintos y conocer ahí a alguien especial. Ves de lejos a una hermosura, una chica fantástica o un muchacho fabuloso. Piensas cómo acercarte y conocerlo(a). Te vuelves muy ingenioso(a) y finalmente logras entablar una

conversación que da comienzo a una
gran amistad. Descubres que son muy
parecidos, que piensan de manera
semejante, que se divierten
compartiendo, que te sientes
increíble, que nunca te había
parecido tan brillante la luna, que

los sabores no habían sido tan dulces, que el sol
deslumbra como nunca, y que el cielo... ah, el cielo tiene
un azul distinto.

Si algo de esto te ha pasado, es que te has enamorado.

Pero los paraísos no duran para siempre, los días
pasan, las vacaciones llegan a su fin y llega el momento
terrible de la despedida. Mil promesas se intercambian.
Apuntas en 17 papelitos distintos la dirección y el teléfono
de tu amor. Verificas los datos un millón de veces y, por si
acaso, te los aprendes de memoria. Quisieras grabar en
tu mente la imagen exacta de ella o de él. Sientes que
todos los colores del mundo se irán con tu amor y que la
vida se volverá de color gris.

De regreso, cuentas los días en que tarda en llegarte la
carta de tu amor. Le platicas a tus amigos de tu encuentro
fantástico, lo adornas, lo repites, lo revives y te sientes
muy afortunado(a) de haber encontrado a una persona
así. A solas, se te escapa una que otra lágrima, escribes

como loca(o), te asusta pensar que no volverás a sentir algo así por nadie más.

El tiempo pasa y va suavizando los estropicios del corazón. Poco a poco, vuelves a sentir ilusión por lo que ocurre a tu alrededor, te diviertes con los amigos(as) y recuerdas el verano como un momento maravilloso. Tu memoria aún conserva sus tesoros, suspiras de vez en cuando, relees algunas cartas o lo que escribiste, y de pronto sientes que el verano está muy muy lejos. No quiere decir que el encuentro no haya sido excepcional, ni que la persona no fuera especial, simplemente quiere decir que la vida sigue su curso. Ese amor de verano te ensanchó el corazón, te abrió los ojos y ahora empiezas a ver a tu alrededor con una nueva mirada. El mundo recobra sus colores y está dispuesto a deslumbrarte otra vez. Entonces piensa que:

▼ Los amores son regalos. A veces, tienen un sabor agridulce, pero con el tiempo, lo amargo se olvida y quedan las buenas memorias.

❭ Hay personas que cambian nuestra manera de ver la vida, aunque no las volvamos a encontrar.

> Los amores de verano, y de invierno, nos ayudan a conocernos mejor. Entre más nos conozcamos, más oportunidades tendremos de tener una magnífica relación.

▼ Y el verano próximo, ¿un corazón dibujado?

El amor

Ah, el amor, con sus flores y sus espinas. Casi todos consideran al amor como lo más importante de la vida, aunque algunos lo nieguen o finjan que no les importa demasiado.

A los muchachos, lo que más les preocupa es cómo decirle a la chica de sus sueños que ella les gusta. Les asusta ser rechazados o que se burlen de ellos. Y claro que eso no es agradable. Sería mucho más fácil pensar que aunque les digan que no, se lo dirán de una manera amable. Así que, chicas, presten atención y sean dulces cuando no acepten las declaraciones de algún niño: nunca se sabe cuándo ustedes puedan cambiar de parecer.

A los muchachos les preocupa no saber qué decir cuando finalmente están frente a su enamorada. No saben lo que ellas quieren escuchar, qué les gusta o qué les disgusta. Ojo, muchachos, a las chicas les gusta mucho saber por qué son especiales para ustedes. Es decir, que les digan cosas lindas y sinceras. Para ellas es un enorme placer saber que les gustan y no se cansan de escucharlo.

Para las niñas, una preocupación muy grande es cómo hacerse notar al muchacho que les gusta. Quieren llamar su atención de muchas maneras y no siempre es fácil. También les asusta que se burlen de ellas si saben que están locas por un chico.

Otro tema muy grande de preocupación entre las chicas es cuando a dos amigas les gusta el mismo niño, porque no saben si elegir el amor o la amistad. Como el corazón es muy cambiante a estas edades, con el tiempo logran recuperar la amistad y encontrar cada una su propio príncipe encantado.

Para niñas y niños, las miradas y las sonrisas son muy importantes. A todos les importa si fueron vistos y sienten bonito cuando les devuelven la sonrisa. Para ellas, las flores y las cartitas son muy importantes. Para ellos, es esencial saber que las niñas los admiran por algo que hacen muy bien. A los dos, les gusta ser tratados con amabilidad y que les digan la verdad. Prefieren la honestidad a las mentiras, las palabras sinceras a las falsas.

Tanto las chicas como los chicos piensan que la vida es mucho más interesante cuando hay amor entre ellos.

Frases de amor

Chicos:

Me encantan tus ojos (sonrisa, pelo...).

Me alegras la vida en la escuela. Eres la única razón por la que vengo.

La verdad, me tiemblan las piernas y me sudan las manos cuando te veo.

Eres lo más bonito que he visto. Bueno, casi.

Se me acelera el corazón cuando oigo tu voz.

Me pongo contento cuando te ríes.

Pienso más en ti que en el último videojuego.

Cuando me llaman la atención en el salón es porque estoy pensando en ti.

Chicas:

Me encanta verte jugar basquetbol.

Cuéntame otra vez tu aventura en la patineta.

Te voy a decir un secreto: me encantas.

Me fascina estar contigo.

Eres superágil, ¿cómo le haces?

Pienso en ti en la mañana, en la tarde y en la noche.

Guardo tu recadito adentro de mi almohada.

Se me sale el corazón cuando me llamas por teléfono.

> Si encuentras a alguien con quien quieres
> platicar y no sabes cómo empezar:

 Acércate y comenta algo de lo
que está pasando: "hace calor",
"llovió muchísimo, ¿verdad?"

 Anímate y pregunta: "¿de dónde
eres?" Ahí ya puedes arrancar
una conversación. "¿Hace cuánto
que llegaste?", "¿es la primera
vez que vienes?"

 Si las respuestas muestran interés,
puedes proponer un juego. Ten
preparada una pelota, unas cartas o
unas raquetas. Si no estás en edad de
jugar, puedes proponer buscar una
banca para seguir platicando.

☀ Si las cosas se están dando bien,
recuerda que preguntar y escuchar
son herramientas poderosas.

☀ Si esa persona no mostró interés, no te
desanimes. Pronto podrás establecer otra
conversación y hacer nuevas amistades.

¿Qué hacer después de llegarle a una chava?

¿Ya aceptó ser tu novia y ahora no sabes
qué más decirle? He aquí unas sugerencias:

 Siempre hay algo lindo que le puedes decir, algo que
te guste de ella y que sea verdadero: el brillo de su
pelo, el color de su ropa, sus ojos, su sonrisa.

 Para empezar a platicar, puedes preguntarle algo
acerca de ella misma: ¿qué le gusta hacer por las
tardes?, ¿quiénes son sus amigos?, ¿cómo le va
en su casa?, ¿qué tal se lleva con sus hermanos?,
¿cuál es su música preferida?

Puedes contarle algo que consideres importante acerca de ti mismo.

 Cuéntale cómo fue que te empezaste a fijar en ella, cómo pensaste en acercarte a ella, cuántas veces ensayaste el modo de declararte...

Atrévete a decirle lo que sientes cuando piensas en ella. Recuerda ser sincero y delicado al mismo tiempo.

Si te da pena decir: "Te quiero", he aquí otras maneras de expresar tu afecto. Es muy importante ponerle palabras a tus sentimientos. Todas las personas que te importan te lo van a agradecer.
Y tú te sentirás muy bien.

☐ Me encanta verte.

☐ **Disfruto mucho de tu compañía.**

☐ Me divierto mucho contigo.

☐ **Hay cosas que sólo te cuento a ti.**

☐ Hay momentos en que hubiera preferido estar contigo.

☐ **Me haces reír y eso me gusta.**

☐ Me gusta cómo me escuchas.

☐ **Me haces sentir bien.**

Capítulo 4

La escuela

¿Qué tal te va con tus maestros?

Todos los que vamos a la escuela, sabemos que hay maestros que nos caen mejor que otros, maestros que son mejores que otros; a algunos los recordamos por sus cualidades, a otros por sus defectos; a otros más, simplemente los olvidamos.

Estamos de acuerdo en que un buen maestro debe conocer muy bien lo que está enseñando y sólo así logra que aprendamos muchas cosas.

Pero nos damos cuenta, cada vez más, que lo que guardamos en nuestra memoria es el recuerdo del maestro que nos hizo sentir bien con nosotros mismos.

¿Tu maestra(o) es estricta(o), exigente, cariñosa(o), regañón(a), comprensiva(o), impaciente, amable, criticón(a), respetuosa(o), tolerante?

Aunque a veces los maestros nos parezcan un poco distantes, son gente como tú y como yo, que pueden contar chistes y echar relajo. Tienen gustos, ilusiones, decepciones, alguna que otra preocupación, y muchísimo trabajo.

Tu maestra o maestro, además de llegar todos los días puntualmente a la escuela para dar sus clases, las prepara en su casa por las tardes, califica exámenes, revisa tareas y piensa cómo puede hacer más interesante su clase o cómo explicar mejor sus temas.

Además de esto, puede tener otro trabajo, o bien llegar a casa y atender a sus hijos, ayudarles con las tareas y hacer la compra.

Tiene la firme intención de que sus alumnos participen, pongan atención, platiquen un poco menos en el salón y busca hacer de su clase un momento agradable e interesante.

Se preocupa por los alumnos que parecen tristes o enojados y por los que tienen dificultades para aprender algo. Debe solucionar los conflictos entre ellos de una manera justa.

En ocasiones, tiene que enfrentarse a algunos padres que no piden las cosas amablemente.

Además, tiene que cumplir con el director, asistir a juntas, cuidar su trabajo y llevarse lo mejor posible con sus compañeros.

Para mejorar tu comunicación con el maestro(a), sé sincero; todos detectan la hipocresía a gran velocidad. Si no tienes nada agradable que decir, mejor limita tus comentarios a las materias que estás viendo.

Puedes pensar en algo que te hace sentir bien a ti; decirle por ejemplo:

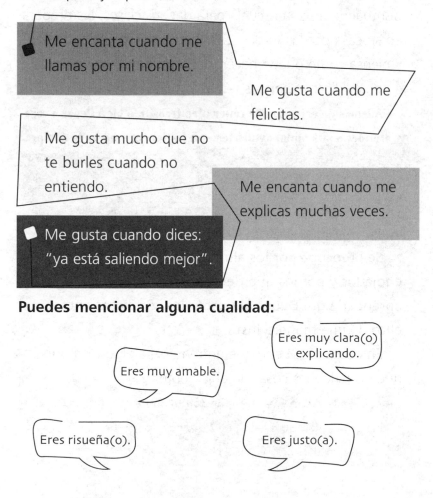

Me encanta cuando me llamas por mi nombre.

Me gusta cuando me felicitas.

Me gusta mucho que no te burles cuando no entiendo.

Me encanta cuando me explicas muchas veces.

Me gusta cuando dices: "ya está saliendo mejor".

Puedes mencionar alguna cualidad:

Eres muy clara(o) explicando.

Eres muy amable.

Eres risueña(o).

Eres justo(a).

¿Qué hacer cuando algo que dice el maestro(a) no nos parece?

Cuando algo no nos gusta, nos hace sentir mal, o cuando necesitamos ayuda, hay que cuidar la manera de pedirlo. Algunas reglas básicas que te pueden servir para que tu maestro(a) escuche mejor lo que tienes que decirle:

Decirlo respetuosamente. No necesitas ser grosero(a) para explicar lo que te molesta. Tu enojo puede encontrar palabras adecuadas para expresarse. Ejemplo: Maestro, quiero pedirle que no me diga "gordinflón". Por favor, me hace sentir muy mal. Dilo oportunamente. No dejes pasar mucho tiempo para expresar lo que te molesta.

No tiene caso que le digas al maestro que te enojaste a principio de año porque no te hizo caso cuando levantaste la mano. Hay que decir las cosas cuando ocurren para que se pueda encontrar una solución.

Buscar el momento adecuado. Si la maestra está explicando un quebrado, no es el mejor momento para que expreses tu molestia. Hay que encontrar un buen momento para que te escuche. De preferencia que no sea frente a los compañeros, porque no le va a gustar. Todos preferimos que nos hagan las críticas cuando estamos solos. Fíjate que tu maestro no esté apurado u ocupado, o bien pregúntale cuándo es un buen momento para hablar.

Es muy importante decir a los maestros lo que pensamos de ellos. Necesitan saberlo y seguramente disfrutarán y aprenderán de tus comentarios. ¿Te está costando trabajo la escuela, hay cosas que no comprendes, se te hacen muy largas las tareas, te cuesta trabajo concentrarte?

Cuando no hayas comprendido algo, pide de la mejor manera que te lo vuelva a explicar. A veces, una segunda explicación aclara las cosas.

Maestros justos

Una de las cosas que les parecen más importantes a los niños y jóvenes, es que el maestro o la maestra sean justos. Que no tengan alumnos preferidos y que no arreglen las diferencias y las discusiones sin escuchar previamente a las dos partes. Cuando un maestro hace comparaciones entre sus alumnos y muestra su preferencia por alguno en especial, se gana la amistad de ese niño pero pierde el acercamiento con los demás.

Maestros alegres

Una de las cosas que más agradan a los alumnos, es que su maestro sea alegre, que esté de buenas, que se le vea contento con su trabajo.

Cuando un maestro está contento explica mejor su clase, y los alumnos entienden mejor.

> A un maestro a quien le gusta su trabajo, le encanta que los estudiantes hagan preguntas, aunque eso provoque un poco de ruido en el salón.

A veces, nos encontramos con algún maestro demasiado cansado o enojado con su trabajo y aunque sepa muy bien su materia, la explica de mal modo y se molesta con los alumnos que, por esa misma razón, no aprenden rápido.

Un buen maestro no es así.

Para reconocer a un buen maestro

Estas son algunas características importantes que nos dejan un buen recuerdo de **nuestros maestros:**

 Sonríe con frecuencia.

 Te saluda por tu nombre.

Te mira a los ojos cuando le hablas.

Explica bien y le gusta que le pregunten.

🍎 En el salón hay momentos de silencio y momentos divertidos.

🍎 Se asegura de que todo el mundo haya entendido.

🍎 Entiendes claramente cómo califica.

🍎 Te explica cuáles son tus errores.

🍎 Cuando te tiene que llamar la atención, lo hace en privado.

🍎 Te felicita cuando lograste mejorar en algo.

🍎 Cuando hay un pleito, escucha a las dos partes.

🍎 Nunca se burla de ningún alumno.

 No deja demasiada tarea.

 No deja tareas sin explicar cómo se hacen.

🍎 Es educado, aun cuando se enoja.

 No tiene consentidos y, si los tiene,
de todas maneras atiende a los que
van más lentos en el salón.

🍎 Te pregunta qué te pasa cuando
te ve cabizbajo o tristón.

🍎 Cuando es cariñoso,
lo sientes sincero.

🍎 Toma en cuenta la opinión de
sus alumnos para planear
algunas actividades.

Si tu maestro tiene algunas de
las características que
mencionamos aquí,
seguramente le va
a encantar que le
escribas una notita
agradeciéndole lo
que te gusta
de él o ella.

Algunos niños tienen dificultades para aprender o hacer sus tareas escolares. Les cuesta trabajo concentrarse, memorizar cosas, o bien, pierde con frecuencia sus útiles escolares. Si esto te ocurre, puede ser que tengas da. ¿Qué quiere decir? da puede significar Déficit de Atención, o bien Dificultades en el Aprendizaje. Nosotros le llamaremos Diferencias en el Aprendizaje.

Esto quiere decir, que ven y escuchan de manera diferente. Es decir, que son niños que aprenden de manera distinta. Es muy importante saber que tener diferencias en el aprendizaje no quiere decir que no seas inteligente o que seas simplemente flojo(a). Quiere decir que tendrás que encontrar maneras y trucos para aprender y cumplir con tus tareas.

Para saber si te ocurre algo parecido, contesta estas preguntas:

1 Cuando mi maestra me da instrucciones, ¿recuerdo sólo parte de ellas?

2 Cuando intento leer, ¿las letras o renglones parecen moverse por la página?

3 ¿Me es difícil escuchar a mi maestra porque oigo otros sonidos, como zumbidos o el ruido de un lápiz al caer?

4 Cuando alguien cuenta un chiste, ¿me río en el momento inadecuado o no me parece nada divertido?

5 ¿Me preocupo porque pienso que no puedo con la escuela? No entiendo por qué me cuesta trabajo entender y aprender.

6 ¿En la escuela me siento confundido(a), porque no sé qué es lo que se supone que debo hacer? Parece que los demás sí saben y entienden a la primera.

7 Frecuentemente, mis padres, maestros u otros niños, ¿son impacientes conmigo?

8 ¿Algunos niños se burlan porque no hago las cosas como ellos?

9 ¿No me gusta que me llamen tonto(a) o me griten?

10 ¿Utilizo palillos o frijoles para practicar las sumas o resta?

Tareas

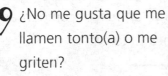

Antes de sentarte a realizar tus tareas, haz lo siguiente:

 Pon un reloj y determina un límite de tiempo (terminar en una hora, por ejemplo).

 Trae todo el material que vas a necesitar: goma, lápiz, diccionario, hojas, tijeras...

Toma un vaso de agua. El agua ayuda al cerebro a ejecutar mejor sus funciones.

Haz pipí antes de empezar.

 Haz una lista de tus "distractores": jugar con tu juguete preferido, oír música, ver la tele, jugar videojuegos, hablar por teléfono... Ésas serán tus "recompensas" en cuanto acabes tu tarea.

Sugerencias para ayudarte
en algunas de las dificultades.

 Haz un marco con una tira de papel y colócalo sobre el renglón que vas leyendo.

 Trata de leer en voz alta.

 Escribe los problemas de matemáticas en papel cuadriculado para alinearlos bien.

 Pide a tu maestro que escribas menos información en cada hoja de tu cuaderno, aunque utilices más hojas.

Para memorizar algo,
trata de hacer un dibujo
que represente lo que
estás aprendiendo.

Recomendaciones

Cuando las cosas se pongan difíciles, ¡habla!
No se pueden guardar los sentimientos
negativos. Tarde o temprano salen. Es mejor
buscar a alguien con quien puedas hablar de
lo que sientes y que te pueda orientar.

> Mantén la cabeza en alto. Tener diferencias
en el aprendizaje no es algo de lo que
haya que avergonzarse. Puedes decir:
"tengo dificultades en el aprendizaje"
o bien "aprendo en forma diferente".

> Hay muchas cosas en las que puedes
convertirte en experto(a). Escoge una
actividad que te guste y aprende lo más
que puedas sobre ella. Puede ser música,
estampas de colección, aviones de papel
o cualquier otro tema que te encante.

> Aprende a relajarte. Cuando te sientas harto(a) de las tareas o trabajos en clase, ¿qué haces?, ¿gritas, finges seguir con tu trabajo aunque no le haces, lloras, te das por vencido, tiras tu trabajo al piso? Mejor cuenta hasta diez, haciendo respiraciones lentas y profundas.

> No uses tus dificultades de aprendizaje como una excusa. Siempre hay que intentar cumplir con lo que piden. Busca la mejor manera de hacerlo y encuentra ayuda. No te rindas nunca.

Si te cuesta mucho trabajo leer y concentrarte, pide ayuda tanto a tus padres como en la escuela. A veces, se necesita un apoyo más especializado para mejorar tu atención.

Capítulo 5

Los miedos

Pesadillas

¿Quién las necesita?

Todos necesitamos soñar. Lo hacemos para descargar nuestra mente de todas las experiencias que acumulamos durante el día y de otras experiencias que guardamos con mucho cuidado en nuestra mente. Hay muchas cosas que guardamos en nuestra memoria conscientemente y muchas otras que no sabemos que tenemos por ahí guardadas.

¿Para qué sirven?

Lo que sucede con las pesadillas es que esas imágenes "guardadas" (lo que llamamos inconsciente), aprovechan que estamos dormidos para salir. Se nos aparecen en

sueños y a veces nos pegan tremendos sustos. Es un poco difícil aceptar que nosotros "fabricamos" nuestras pesadillas y que no vienen de otra parte. Pero los sueños y las pesadillas sirven para expresar eso que tenemos "guardado" y son una forma de alivio. Nos podemos enfrentar a las imágenes de nuestras pesadillas; en cambio, a las cosas sin forma, sin cara, sin cuerpo nos cuesta mucho más trabajo. Así que por más desagradables que sean, las pesadillas están cumpliendo con la función de aliviar presiones de nuestra mente.

¿Todos tenemos pesadillas?

Todos tenemos sueños lindos y sueños feos. Algunas personas casi no los recuerdan, mientras que otras pueden contar cada mañana lo que soñaron. Los sueños realmente lindos y los horribles son los que recordamos. Y todos ellos son una forma de expresar lo que tenemos dentro. Hasta nuestro peor sueño es una forma de expresar un deseo. Los deseos de nuestra mente se disfrazan para aparecer en la pantalla de nuestros sueños.

¿De dónde vienen?

Tal vez sea incómodo aceptar que somos los responsables de las imágenes que vemos en nuestros sueños, pero también es tranquilizador saber que no nos llegan de lugares desconocidos o como mensajes de cosas horribles que pueden ocurrir. Somos como un director de cine y nuestros sueños son la película.

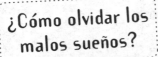

¿Cómo olvidar los malos sueños?

Cuando nos despertamos a media noche, con el corazón galopando por el susto de una pesadilla, lo que necesitamos es un buen abrazo y algo de consuelo. Si hay oportunidad y nos escuchan, podemos contar lo que soñamos. Si no se puede, lo podemos escribir y al día siguiente ver ese recuerdo con otros ojos.

Como los sueños y las pesadillas son producto de nuestra cabecita, lo más importante no es olvidarlos, sino tratar de entenderlos. Las imágenes de nuestros sueños son claves y pueden ser bastante misteriosas; no es necesario pelearse con ellas, lo mejor es poder comentar con alguien en el desayuno: "¿Qué crees que soñé?"

A veces, una pesadilla logra dejar su huella, y cuando vuelve la noche nos asusta su recuerdo. Podemos tratar de ahuyentarla, pero lo mejor será revisarla, poder hablar de ella, porque las palabras le ponen orden a las cosas que nos dan miedo.

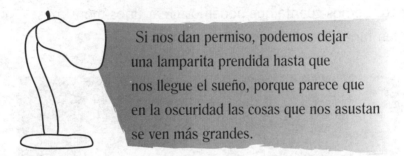

Si nos dan permiso, podemos dejar una lamparita prendida hasta que nos llegue el sueño, porque parece que en la oscuridad las cosas que nos asustan se ven más grandes.

Hay momentos en la vida en que tenemos o recordamos más pesadillas que en otros. Quizá sean cosas que están pasando afuera que nos hacen sentir más presionados, o tal vez no; a veces la mente produce sus propios materiales y necesitan salir en forma de imágenes feas.

Así como los alimentos que ingerimos los utilizamos para vivir, hay una parte que nuestro cuerpo desecha. De un modo parecido hay ciertos contenidos que nuestra mente debe de echar hacia afuera y las pesadillas son un buen método para hacerlo.

Pesadillómetro

Las pesadillas son un modo de aliviar nuestra mente. Esas imágenes son producto de nuestra imaginación. Si podemos hablar de ellas, se volverán más pequeñas y menos aterradoras.

También podemos dibujar nuestras pesadillas. Quizás nos demos cuenta que podemos crear unos monstruos tan fantásticos como los de las películas.

Y no debemos avergonzarnos de nada que soñemos. ¿Qué podemos hacer cuando tenemos un miedo muy grande? ¿Es un miedo a algo real o es un miedo a algo que "habita" en tu cabeza? Los dos tipos de miedo pueden sentirse con la misma fuerza.

Platícalo con alguien de tu confianza, alguien que sabes que te escuchará con respeto y sin burlas.

Ponle palabras a tu miedo: ¿miedo a qué? No te detengas en nombrar el miedo. Las palabras pueden ayudar a hacer al miedo de un tamaño menos amenazador.

Hay miedos que son el "disfraz" de otros miedos. Trata de encontrar qué es lo que te tiene preocupado.

Puedes dibujar aquello que te asusta o tus pesadillas. Trata de poner tantos detalles como puedas. Ahora puedes elegir entre dar el dibujo a alguien querido para que te lo guarde, o bien destruirlo en muchos pedacitos. Si lo guardas, podrás ver en un tiempo cómo ese miedo ha disminuido. Si lo destruyes, trata que los pedacitos sean bien chiquitos; esto nos ayuda a vencer el miedo. Puedes repetir este ejercicio cuantas veces quieras.

Hay un monstruo en mi cuarto

"El cuarto está oscuro, la puerta está cerrada, la silla donde dejo el uniforme se ve un poco rara. Sí, muy rara, parece que tuviera orejas, y un largo hocico... No, no es posible, pero parece como si respirara, se mueve despacito, inflando y desinflando... ¡Hay un monstruo en mi cuarto!"

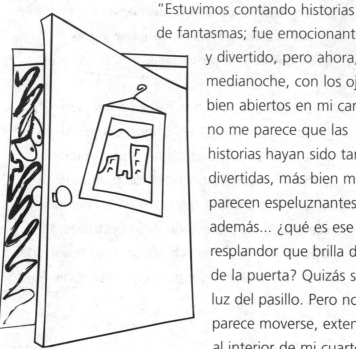

"Estuvimos contando historias de fantasmas; fue emocionante y divertido, pero ahora, a medianoche, con los ojos bien abiertos en mi cama, ya no me parece que las historias hayan sido tan divertidas, más bien me parecen espeluznantes, además... ¿qué es ese resplandor que brilla debajo de la puerta? Quizás sea la luz del pasillo. Pero no, parece moverse, extenderse al interior de mi cuarto. Claro, así nos contaron que se movían esos seres... ¡Hay un fantasma en mi cuarto!"

Creo que todos hemos imaginado que estamos viendo "algo", porque hemos estado platicando acerca de esas historias. Lo que nos muestra lo poderosa que es nuestra imaginación. Vemos un pequeño objeto, una rayita de luz, una cortina que se mueve por el aire, y nuestra imaginación sale al galope, desatada.

completando imágenes, agregando cosas que no están, inventando ruidos. Pero es tan hábil nuestra imaginación, que nos creemos lo que nos está contando, y casi olvidamos donde estamos y lo que pensamos cuando no tenemos miedo.

Las historias de miedo pueden ser emocionantes. Nos sentimos muy unidos a los amigos con quienes estuvimos compartiéndolas. Pero al estar solos, las imágenes toman otro rumbo y nos puede causar un buen susto. Según la fuerza que tenga nuestra imaginación, será el tamaño de nuestro miedo. Pero hay algunas cosas que se pueden hacer para detener esa carrera loca que emprende el corazón cuando tiene susto:

Respira, respira, respira, Concéntrate en que entre y salga aire de tus pulmones. Con el miedo apretamos todo el cuerpo y la respiración nos relaja.

Recuerda que la historia que escuchaste, o lo que te imaginas en ese momento, no te parecería tan terrible si fueran las 12 del día.

Piensa que en algún lugar del planeta es mediodía y que hay un gran sol que todo lo ilumina.

Piensa en algo que te haya dado mucha risa: un recuerdo simpático, un chiste...

Si puedes, prende la luz; pero si no puedes, prende la luz en tu imaginación. Observa con "luz" qué es lo que te está dando miedo.

Recuerda que la persona que te contó esas historias es alguien exactamente como tú.

Repite en tu interior: "Todo está bien".

A la mañana siguiente las cosas nos parecen menos graves. Nos damos cuenta que no había nada raro en nuestro cuarto, que las ocurrencias que tuvimos eran un poquito exageradas... Una buena manera de que no nos vuelva a ocurrir exactamente lo mismo es expresar esos miedos de alguna manera:

★ Dibuja lo que te imaginaste.
Puedes hacerlo en papel, en
plastilina o en barro.

❯ Cuéntale a alguien querido lo que
creíste ver la noche anterior. Al
contarlo puede ser que surja algo
chistoso y puedan reírse juntos.

❯ Si tienes una mascota, puedes contarle
al oído que tuviste miedo. Lo bueno de
las mascotas es que nunca se burlan.

★ Puedes usar tu imaginación para cosas
más divertidas: pinta, escribe, dibuja...

¿Cómo curarse
de espanto?

Ojalá hubiera una sola receta
para curarse de espanto. Cuando nuestros miedos son
provocados por algo que vimos en una película de miedo,
nos puede ayudar encontrar a alguien con quién hablar
de eso que nos asustó.

Tratemos de nombrar las imágenes que nos persiguen: a veces nos da tanto miedo que no nos atrevemos ni a decir lo que vimos; pero **las palabras son un excelente remedio contra el terror**. Si describimos la imagen que nos asusta, puede que descubramos que ya no es tan terrible y más bien nos dé coraje por haber desperdiciado el tiempo en ver una de esas películas.

Cuando lo que nos asusta es algo que hemos vivido o imaginado, también es importantísimo que encontremos a alguien con quien hablar. Eso nos apacigua mucho. Si nos hacen sentir ridículos, será mejor buscar a otra persona. Lo que necesitamos es un oído que nos permita hablar y ordenar nuestra mente y corazón.

Cuando nos sintamos un poco más tranquilos, hay que guardar en nuestra memoria que nosotros mismos logramos crearnos una sensación de calma. La próxima vez que nos asustemos, busquemos una manera de decirnos: "Calma, calma, calma". Que con calma se piensa (y vive) mejor...

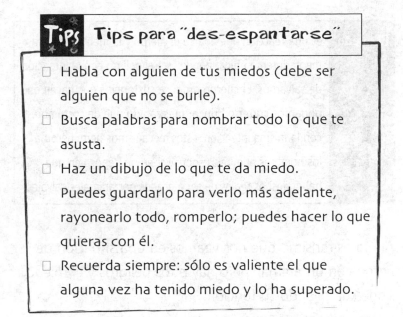

Tips Tips para "des-espantarse"

☐ Habla con alguien de tus miedos (debe ser alguien que no se burle).

☐ Busca palabras para nombrar todo lo que te asusta.

☐ Haz un dibujo de lo que te da miedo. Puedes guardarlo para verlo más adelante, rayonearlo todo, romperlo; puedes hacer lo que quieras con él.

☐ Recuerda siempre: sólo es valiente el que alguna vez ha tenido miedo y lo ha superado.

¿Para qué sirve el miedo?

En ciertos momentos de la vida, el miedo es un indicador importante de situaciones de las que debemos protegernos. Hay veces que es bueno sentir miedo porque nos pone a salvo de cosas peligrosas. Si no tuviéramos miedo frente a un león suelto, no lo contaríamos. ¿Te imaginas si un precipicio no nos impresionara?

El miedo es una reacción que abarca el cuerpo y la mente. Nuestra mente intenta ubicar dónde está el peligro con la intención de salvarnos. **El cuerpo produce sustancias** que hacen que **podamos correr o brincar más rápido** que de costumbre, con la misma intención. Estos mecanismos permitieron a los hombres primitivos sobrevivir en una época en que había riesgos reales de ser atacados por animales salvajes.

Ahora es rarísimo que nos veamos en una situación de riesgo con un animal, pero hay otros peligros y el miedo sigue cumpliendo su función.

Sin embargo, a veces nuestra mente percibe cosas distorsionadas, imagina peligros donde no los hay, o recuerda cosas que ya no están pero que siguen asustando.

Para la mente no es necesario que las cosas estén realmente ahí para que las puedas imaginar; así que "vemos" (con los ojos de la mente) cosas aunque no están ahí. En la oscuridad, vemos un monstruo y cuando prendemos la luz es una ropa.

Puede ser que recordemos cosas que no hemos vivido, pero que hemos visto en una película de terror. Esas películas están construidas sobre ideas que generalmente nos dan miedo a todos. Los que hacen esas películas conocen bien al ser humano, saben que el miedo puede

producir una sensación emocionante
y se aprovechan de eso. Aunque
todos sabemos que es ficción
y efectos especiales, las huellas
que quedan en nuestra mente se
confunden con miedos
que tenemos por
ahí escondidos.

Si el tiempo que
invertimos en ver una película de
terror lo invirtiéramos en leer
un libro de aventuras, la
emoción que sentiríamos sería
parecida, con la diferencia de
que nuestra mente se
enriquecería con imágenes que
no son terroríficas.

Cada uno de nosotros venimos "equipados" con
ciertas características y vamos acumulando nuestras
propias experiencias. Eso hace que algunos seamos más
"miedosos" que otros. El que tiene miedo, lo que menos
necesita es que se burlen de él y de su miedo. Habría que
pensar que nosotros también hemos sentido miedo a
algo, y recordar lo incómodo que es.

Lo que podemos hacer para ayudar a alguien que
tiene miedo es mostrar comprensión, permitir que hable

de sus temores y, si es posible, tratar de mostrarle que
aquello que teme no es real. Esto no siempre funciona,
porque la mente es muy poderosa y si nos convenció de
algo, es que tiene buenas razones para estar convencido(a).
Lo que sí es un apoyo, es hablar con esa persona sin
juzgarla ni burlarse. Si podemos expresar nuestro miedo,
ponerle palabras o dibujarlo, podemos cambiar algo de
ansiedad por tranquilidad.

El miedo tiene sus disfraces

La cara más común del miedo
la conocemos todos: alguien
afligido, tembloroso y lloroso. Pero a veces, una persona
que tiene miedo ha aprendido a disimular, y lo que
vemos es una cara agresiva. Alguien que frente a una
situación de miedo nos agrede, ya sea con palabras o con
gestos, puede que esté encubriendo su miedo. Ojalá que
no tuviéramos que ocultar nuestro miedo para que las
cosas fueran menos complicadas.

Si te vas a enfrentar a una situación que te pone de
nervioso(a), prepárate. Si tienes que acudir a un examen, a
una entrevista con el director de la escuela, a una fiesta
a la que irá alguien que... puedes enfrentarlo de la mejor
manera.

Usa toda tu imaginación para "ver" la situación: piensa en el lugar, en las personas que estarán ahí, en ti mismo(a) en esa situación.

Piensa en lo que más te asusta de esa situación. Imagina qué sería lo peor que pudiera pasar.

Prepárate. Si se trata de un examen, estudia; si se trata de una entrevista, ensaya tus respuestas imaginando las preguntas; si se trata de una fiesta, practica tu sonrisa y tu respiración para el momento del encuentro esperado.

Imagina que tú sales victorioso(a) de esa situación. Imagínate ganando el partido, aprobando el examen y bailando toda la fiesta con la persona de tus sueños. Vamos, imagínatelo.

Las situaciones difíciles también pueden sacar lo mejor de nosotros mismos.

Capítulo 6

Ser chavo en este planeta

Algunos de nosotros, que ya somos niños antiguos, relativamente adultos, pensamos que la infancia es un terreno maravilloso que hemos perdido. Otros piensan que lo maravilloso es haber sobrevivido a la infancia. De cualquier manera, sabemos que ser niño no implica sólo facilidad y dulzura, que hay muchas cosas difíciles que les tocan vivir, aun cuando cuentan con el apoyo de una familia.

Crecer no es un asunto que va sobre ruedas, suavemente y sin tropiezos. Crecer implica luchas contra dragones disfrazados de buenas personas, contra personas que mezclan sus buenos cuidados con faltas de respeto, o contra temores inevitables y evitables y soledades... En fin, ser chavo es muy distinto a vivir en un mundo color de rosa.

Lo malo

Estas son algunas desventajas que me "soplaron" unos niños:

 Obedecer a tus mayores: a veces no entiendes por qué te mandan y no te gusta lo que te piden que hagas. A veces es peor, te lo piden de mala manera, y menos ganas te dan de obedecer.

 Cuando uno es niño no siempre puedes hacer lo que quiere, si te quieres quedar cuatro horas viendo tele, alguien te dice que la apagues. Si quieres quedarte hasta tarde en la calle, tienes que regresar a bañarte. No te puedes quedar despierto hasta tarde, ni tomar refresco de cola en la noche, ni escuchar las conversaciones de los grandes.

 Ir a la escuela: hacer la tarea es de las peores cosas. O tener que aguantar a una maestra gritona (a veces la mamá es gritona y eso es peor, porque ésa no te la cambian cada año). O aprenderte cosas que ni te importan. O que te molesten los compañeros y que la maestra cometa una injusticia.

 Jugar en el recreo: lo más padre de la escuela es el recreo. Ojalá durará más tiempo. A veces toca la campana en lo más emocionante del juego. Pero es padrísimo jugar con los amigos.

A veces te invitan a fiestas de cumpleaños o puedes invitar a amigos a jugar toda la tarde. Puedes ver a tu mejor amigo todos los días. Algunos adultos ya no ven a sus mejores amigos o solamente de vez en cuando.

No tener que trabajar ocho horas en algo que no te gusta. Aunque en este país, y en otros, hay niños que trabajan, y eso es muy triste.

Si tienes suerte, te cuidan. Te curan cuando te duele la panza o te lastimas y, aunque no nos gusten, las vacunas son buenas porque no te enfermas de cosas horribles.

 Te celebran los cumpleaños. Te hacen fiestas, te consienten, te llenan de regalos y te sientes muy importante. Cuando eres grande, a veces se olvidan de tu cumpleaños.

 Te ayudan. Cuando eres chico, te ayudan a amarrarte las agujetas, a recoger tu cuarto. Aunque tengas responsabilidades en casa, no te preocupas demasiado por hacer las compras.

¿Por qué algunos no quieren crecer?

Algunos quieren quedarse chiquitos para siempre. Puede ser porque fueron muy felices siendo niños y tuvieron la suerte de tener una familia que está contenta de tener niños. También puede suceder que no quieren crecer porque ven que ser adultos es un poco difícil. Si los adultos que están a su alrededor no se ven muy contentos, debe ser desagradable imaginarse como ellos. Si los ven quejarse de sus trabajos, de sus problemas, si están siempre de mal humor, los niños quisieran quedarse a vivir para siempre en el país de la infancia, donde por lo menos hay amigos, recreos y algunos dulces.

Para comprender un poquito a los adultos

Algunos padres exigen que sus hijos sean muy maduros para ciertas cosas, mientras que en otros aspectos los limitan y les dan pocas opciones. Algunos padres quisieran que sus hijos se quedaran chiquitos para siempre, porque así sienten su vida muy llena. Otros más, están tan cansados, que quieren que crezcan pronto para no tener que cuidarlos tanto. Otros están tan ocupados que no se dan cuenta que sus hijos crecieron.

No hay padres perfectos, ni infancia perfecta; somos todos tan humanos que no debiéramos olvidar que todos —niños y adultos— necesitamos toneladas de amor, de cuidados, de buen humor y una buena cantidad de carcajadas compartidas para navegar y crecer juntos.

Algunos padres exigen que sus hijos sean muy maduros para ciertas cosas, mientras que en otros aspectos los limitan y les dan pocas opciones. Algunos padres quisieran que sus hijos se quedaran chiquitos para siempre, porque así sienten su vida muy llena.

Otros más, están tan cansados, que quieren que crezcan pronto para no tener que cuidarlos tanto. Otros están tan ocupados que no se dan cuenta que sus hijos crecieron.

No hay padres perfectos, ni infancia perfecta; somos todos tan humanos que no debiéramos olvidar que todos –niños y adultos– necesitamos toneladas de amor, de cuidados, de buen humor y una buena cantidad de carcajadas compartidas para navegar y crecer juntos.

La justicia es un camino de dos puntas

Algunas personas consideran que lo que es distinto a ellos no es bueno. Algunos piensan que si no hablamos y pensamos igual que ellos, no merecemos el mismo trato. Otros consideran que si una persona no se comporta del mismo modo que ellos, es menos persona.

Estas ideas tan equivocadas provocan tratos injustos hacia las personas que tienen otra cultura y otras costumbres. Desafortunadamente, en algunos lugares todavía hay gente que se aprovecha de esto, y no tratan justamente a los indígenas, sobre todo respecto de las horas de trabajo, el salario y el precio que les pagan por sus cosechas.

Estas ideas y estas prácticas discriminatorias lastiman a muchas personas, a muchos niños e, incluso, a quienes no viven estas injusticias. Entre todos, de un lado y de otro, caminando y sin dejar de caminar, podemos dar los pasos para acercarnos a una justicia que alcance para todos.

Todos somos,
todos cabemos

Nuestro corazón conoce muchos sentimientos, la alegría, el enojo, la tristeza... y cuenta con espacio para cada uno. Nuestra cabeza admite tantas ideas que ni siquiera se pueden contar, y todas conviven y forman nuestro pensamiento. Existen millones de colores en la naturaleza y no se estorban unos a otros. No hay dos atardeceres iguales. No hay dos personas idénticas sobre el planeta, ni dos que piensen lo mismo en todo, y todos cabemos en el mundo, o deberíamos caber.

Las ideas son las que abren los espacios para que todos tengamos un lugar. Hay ideas que nacen, como dicen en algunas culturas, de la cabeza y del corazón de las personas. La tolerancia es una de ellas.

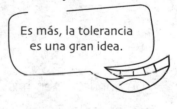

Es más, la tolerancia es una gran idea.

Ejercicios para la tolerancia

Tú sabes que hacerse preguntas es una buena manera de saber en qué estamos pensando. Aquí hay unas cuantas preguntas y estamos seguros que podrías añadir más.

¿? ¿Se puede ser distinto y parecido
al mismo tiempo?

¿? ¿Sólo siendo parecidos se
puede compartir una idea?

¿? ¿Se puede compartir un pensamiento
siendo muy distintos?

¿? ¿Se puede conocer lo distinto
y seguir siendo igual?

¿? ¿Se puede conocer lo distinto
y modificar nuestra idea?

¿? ¿Puedo cambiar una idea
y seguir siendo yo?

¿? ¿De dónde vienen mis
pensamientos?

¿? ¿Hay pensamientos que
duran más y otros que
duran menos?

¿? ¿Mis pensamientos son
"frescos" o "enlatados?"

La naturaleza nos acostumbró a creer que su generosidad no acabaría nunca. Cortamos frutas de un árbol y nos vuelve a dar. Cortamos flores y vuelven a brotar. Comemos de lo que nos da y tomamos agua cada vez que tenemos sed. Miramos el mar y no nos alcanza la vista para abrazarlo.

> ¿Qué nos pasó?

La tierra ha sido tan generosa que nos hemos descuidado. Ahora algunos ríos se están secando, algunos animales han desaparecido y otros ya no pueden vivir en la región que les pertenecía. Bosques enteros han desaparecido por la avaricia del hombre, hemos llenado de basura los lugares hermosos y el mar está herido de muerte, como dijo Serrat, el poeta. Y nosotros miramos a veces con los ojos abiertos, a veces con

los ojos cerrados. Por ignorancia, por imprudencia, por egoísmo, por indolencia, por desidia o por algo peor, las cosas han llegado a un punto preocupante.

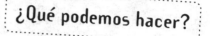

Se nos olvidó tal vez una ley de vida: cada vez que ¿Qué podemos hacer? recibimos un bien, hay que devolver un bien. Por cada cosa que nos regala la naturaleza, habría que devolverle un cuidado. Con una mano recibimos y con la otra damos, manteniendo un equilibrio.

Los niños y los jóvenes son muy buenos para eso de tener los ojos abiertos, para darse cuenta de las injusticias, para hacer preguntas. Si crecen así, es posible que encuentren más soluciones que las que se han encontrado hasta ahora.

Es posible, también, que logremos que haya más sabios que poderosos, o que los poderosos se vayan volviendo sabios; mientras tanto, cada uno de nosotros podemos ir dando nuestros cuidados y atención al lugar donde nos tocó vivir.

Madre naturaleza

Todos tenemos una mamá de la cual hemos nacido. Si tratamos de entenderla y si le decimos lo que sentimos, nuestra relación con ella mejora. También tenemos una madre mucho más grande en tamaño, que es la madre naturaleza. A ella la necesitamos también para crecer y para vivir, y si la entendemos y la cuidamos, nuestra relación con ella también se compone.

A la madre naturaleza la vemos todos los días y tiene sus modos para hacernos saber cómo está. Nos muestra su mejor cara cuando sale el sol y el cielo es azul, cuando siembra brillantes en el cielo, cuando nos deja oír el canto de los pájaros y cuando nos enseña cómo se pinta una mariposa. A veces, muestra una cara más sombría, como lo hacen casi todas las mamás. Entonces sopla un viento fuerte, se oscurecen los cielos, se alteran las olas y cada tanto nos deja sentir qué tan poderosa es. Es su manera de recordarnos que le debemos respeto y que hay cosas que sólo ella controla. Y luego, lentamente, nos deja otra vez un montón de tesoros: aguas limpias llenas de peces, árboles que ofrecen sus frutos, flores que regalan sus colores, animales de todos los tamaños y formas para que no se nos acabe nunca el asombro, desde una ballena azul hasta un bichito que camina sobre una brizna de pasto.

Es capaz de poner en un mismo planeta una montaña cubierta de hielo y un desierto con arenas que queman. Inventó semillas para que pudiéramos comer más de mil platillos, plantas que pueden curar, cuevas y piedras preciosas.

Puede ser la mayor artista al mostrarnos cómo se mete el sol y cómo sale la luna. Parece que quisiera que no nos aburriéramos, porque además de toda la variedad de sus manifestaciones en la Tierra, cada tarde nos regala dibujos de nubes que nunca son iguales.

Y por si esto fuera poco, nos ofrece misterios para que no creamos que lo sabemos todo y sigamos tratando de entender qué nos quiere decir.

Cada piedra, cada animal, cada planta tiene un lugar importante en el orden de la naturaleza; nosotros, los humanos, también somos parte de ella, tenemos un lugar en ese equilibrio. A veces, se nos olvida que no somos lo más importante y nos portamos como si fuéramos los dueños, causando mucho daño.

La madre naturaleza, como muchas mamás, tiene sus preferencias y sus fragilidades. Prefiere a los que la tratan bien, a los que no se olvidan de disfrutar de sus regalos, a los que tiene ojos para apreciar sus maravillas, a los que no son egoístas, a los que cuidan los árboles, a los que quieren ver vivir a los animales y a todos los amorosos en general.

A veces escuchamos la frase: "hace 10 años..." y nos parece que fue hace muchisísimo, porque quizás aún no habíamos nacido o éramos muy pequeños. Y cuando oímos: "dentro de 10 años..." pensamos que falta tanto que seremos viejísimos.

Cuando somos niños, el tiempo parece estirarse; siempre falta mucho para el cumpleaños, para las vacaciones, para el regreso de algún amigo. Cuando estamos aburridos, los minutos se hacen lentos y chiclosos; cuando hacemos algo que no nos gusta, el reloj se paraliza, las agujas parecen no moverse.

Cuando pensamos en el futuro, en cómo seremos de grandes, nos entusiasma, por un rato, pensar en las cosas que finalmente podremos hacer. Pero al instante siguiente estamos pensando en lo que está

pasando en este momento de nuestras vidas. Algunos se preocupan por el planeta, otros por el trabajo que tendrán, otros más por quién será el novio o la novia... Pero muy pronto regresa nuestro pensamiento hacia quién nos gusta en este momento, al día de hoy, al programa que queremos ver, a la fiesta a la cual iremos mañana, a la discusión que tuvimos ayer con los amigos. Ayer y mañana son el pasado y el futuro con el que mejor nos llevamos.

Cuando estamos encantados haciendo algo que nos interesa y que nos emociona, entonces el tiempo pasa rapidísimo. Suspiramos porque la fiesta ya se terminó, porque las vacaciones fueron demasiado cortas, porque el amigo se fue demasiado pronto. El tiempo se mide en función de lo bien o de lo mal que lo estamos pasando. Nuestro reloj tiene más que ver con cómo nos sentimos que con los minutos de 60 segundos. Pero mientras duró el instante maravilloso, ahí pareciera que el tiempo se hubiera suspendido y el gusto nos tuvo flotando sin ninguna preocupación por el reloj.

Nuestra mejor cancha es el presente. Estamos completamente metidos en lo que nos está pasando, pendientes de lo que está ocurriendo, fijándonos en lo que sigue inmediatamente, como los buenos jugadores de futbol. El instante en que tenemos el balón es el momento en que nos sentimos más vivos. Cada día es la inauguración de una cancha y cada minuto que estrenamos es como un balón de futbol nuevecito.

Sácale provecho a tu día, porque estas horas, así como son, no regresarán. Aunque tu día te parezca un poco aburrido o un poco pesado, siempre puedes hacer algo para convertirlo en un buen día.

Imagínate una isla: hay agua, comida y un refugio para ti.

Imagina que puedes llevarte tus objetos preferidos: tus juegos, libros, muñecos o adornos. Acomódalos como prefieras.

Puedes invitar a alguien especial a compartir contigo ese refugio o puedes usarlo para descansar y pensar.

Puedes ir a tu isla cuantas veces quieras en el día. Siempre regresarás más fuerte y alegre.

Busca a alguien con quien puedas hablar de lo que estás sintiendo. Si te es difícil hablar, dibuja tus sentimientos y muéstralos a alguien cercano.

Pide ayuda.

Así pienso yo, ¿y tú?

En estos tiempos, en los cuales casi todo el mundo habla de política y se escucha a los adultos de la familia hacer toda clase de comentarios sobre el futuro del país, cuando algunas discusiones de sobremesa suben de tono, muy pocos le han preguntado a los chavos: "Y tú, ¿qué piensas?"

Los chavos tienen opiniones sobre muchas cosas. A veces, a estas opiniones les falta información, es verdad, pero eso no quiere decir que no tengan razón para expresarlas de esa manera.

Algunos piensan que va a ganar el candidato que tenga más dinero. Y cómo no, si han visto como el concurso de ciencias de la escuela lo ganó el niño que llevó el robot electrónico (juguete de su papá) donde él no puso una sola pieza; mientras que otros robots hechos de cajas, botes, ganchos y tuercas quedaron en segundo y tercer lugar. Cómo no van a pensar eso, cuando el concurso de simpatía lo ganó la niña cuya mamá compró todos los boletos que le tocaron, cuando pusieron de reina de la primavera a la niña del vestido más caro; cuando ven, con mucha frecuencia, que en las tiendas o restaurantes tratan con más respeto a las personas que llevan trajes "lujosos" que a los demás... Los que han tenido esas experiencias consideran que la creatividad, o la gracia, o la inteligencia, tienen pocas oportunidades de ganar.

Otros piensan que va a ganar el que más anuncios tenga. La televisión es así; nos vende la idea de que lo mejor es aquello que se anuncia más. Al rato de verlo, estamos casi convencidos de que ese refresco o esa golosina, o ese candidato, son definitivamente lo mejor.

Otros piensan que tendría que ganar el que encierre a los malos.

Los que ya se cansaron de vivir con susto, de escuchar relatos de asaltos, los que quisieran salir a jugar sin temor, quisieran que ganara alguien más parecido a Supermán que a los candidatos que tenemos.

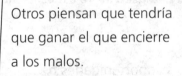

Los que han empezado a comprender que los que nos protegen no siempre son buenos, y los que deben hacer justicia no son justos, ésos quisieran votar por alguien que no fuera de este país. Ni siquiera de este planeta.

Hay quienes votarían por el más guapo, o por el que parece más valiente, o por el que dijo que haría más parques, por el que imaginan que le dio más dulces a sus hijos cuando eran chicos...

Hay a quienes no les importa quién gane, porque sienten que las cosas no van a mejorar para su familia. Saben que sus abuelos y sus padres han tenido que trabajar duro para ganar poco. Esos niños no colocan sus esperanzas en los candidatos. Para ellos, el que gane no va a cambiar la historia de su familia.

Así que cada uno tiene su opinión acerca de quién quisieran que ganara, de cómo quisieran que fuera el país, de lo que consideran mejor o peor. Muchas opiniones y, a veces, pocas oportunidades de expresarlas.

Lo mejor sería tener un país donde cupieran todas las opiniones; donde las ideas, aunque fueran distintas a las de la autoridad, fueran respetadas; donde las familias se sintieran sin temor y con esperanza; donde la tolerancia y la injusticia se aprendieran en la casa y en la escuela; donde los niños y los adultos pudieran decir: "yo pienso así, ¿y tú?"

Recordar

La memoria es un almacén enorme. Nos caben millones de recuerdos que vamos acomodando, guardando, archivando. Cada recuerdo trae consigo sus imágenes, sonidos, olores y emociones que lo acompañan. Y todo esto queda registrado en nuestra memoria.

Pero como son miles de cosas las que nos ocurren cada día, de repente la memoria no se acuerda bien dónde guardó ciertos recuerdos; algunos hasta se nos traspapelan entre tanta cosa, otros se mezclan y se confunden.

Entonces, la memoria pierde hasta su nombre y se llama olvido.

Pero de repente, a los que somos más grandes, nos llega un olor o una imagen que hace que salgan otra vez un montón de recuerdos guardados, que creíamos olvidados. Por ejemplo, el olor del chocolate caliente puede llevarnos de regreso a nuestra infancia, acordarnos de algunos juegos y alegrías. O una canción puede recordarnos nuestro primer amor, o una palabra puede traer una emoción de la mano. Y entonces, el olvido también pierde su nombre y se llama nostalgia.

¿Por qué sentimos nostalgia?

La nostalgia es esa emoción agridulce que nos llena cuando recordamos algo que fue lindo y que ya no tenemos. Puede ser un momento de la vida, un lugar o una persona.

Nos da placer y tristeza al mismo tiempo el recorrer ese pasillo de nuestra memoria. Nos gusta recordar ese momento y nos duele no poder regresar en el tiempo. La nostalgia nos ataca, por igual, a chicos y grandes. Algunos jóvenes sienten nostalgia de cuando eran chicos y el papá los podía hacer volar por el aire; otros de cuando no habían tareas; otros más de cuando les leían un cuento o los

apapachaban dulcemente.
Hay montones de cosas por
las que podemos sentir

nostalgia, y a todos se nos
aprieta ese pequeño nudo en
el corazón que se lo debemos
a nuestra buena memoria.

¿Para qué sirven los recuerdos?

Aunque duela
un poco, es bueno poder recordar. Los recuerdos son
siempre una riqueza; hasta los más espinosos dicen cosas
importantes de nosotros y nos permiten escoger mejor las
experiencias que nos gustan de la vida.

Si no tuviéramos memoria, cometeríamos muchas
veces los mismos errores. Si no tuviéramos memoria, sería
dificilísimo hablar con nosotros mismos. Estamos hechos
de nuestros recuerdos: ellos nos dicen quiénes somos,
qué pensamos, qué sentimos, cuáles son las cosas que no
queremos repetir y cuáles otras queremos conservar.

El pasado, ¿dónde está?

Lo tenemos guardado en la memoria. De algunas cosas nos acordamos fácilmente, mientras que otros recuerdos están profundamente ocultos y no nos es fácil llegar a ellos, aunque estén totalmente borrados.

La memoria es como un banco de información y de experiencias de todos tipos y sabores, y de cada una de ellas hemos aprendido algo, aun de aquellas situaciones que no recordamos. Ese enorme banco parece tener sucursales en el corazón y en el cuerpo, y cuando recordamos algo, la emoción la sentimos en todas partes. Lo bueno del pasado es que las experiencias tristes quedaron allá, siempre y cuando las reflexionemos tratando de entenderlas. Y las cosas buenas, los recuerdos hermosos, nos quedan para siempre como si tuviéramos un álbum lleno que pudiéramos hojear cada vez que queramos, sabiendo que a veces aparecerá la nostalgia, porque ésa es una de las emociones que mejor acompaña esa mezcla extraña de alegrías y tristezas de la que está hecha la vida.

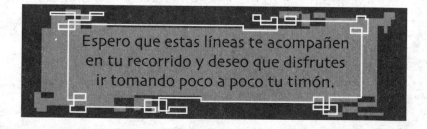

Espero que estas líneas te acompañen en tu recorrido y deseo que disfrutes ir tomando poco a poco tu timón.